묭
Illust.
기우니우

Vol. 2

남자를 싫어하는 미인 자매를
이름도 알리지 않고 구해주면
어떻게 될까?

## 프로필

이름은 ____신조 사키나____ . 
비밀
●● 살!

____사키나____ 라고 불러주세요♥

__8__ 월 __8__ 일 __사자__ 자리고 혈액형은 __O__ 형!

가족은 ____딸이 둘____ 있어요.

## 연애 토크

Q 좋아하는 사람은 있어?

비밀♥

Q 좋아하는 타입은 어떤 사람?

비밀♥

Q 그 사람과 하고 싶은 것은?

마음껏 감싸안고 사랑해주고 싶어요♥

말로 하는 애정 표현은···

적은 편 ♡ ♡ ♡ ♡ ♥ 많은 편

본인은 어느 쪽?

M ♡ ♡ ♥ ♡ ♡ S

솔직히··· 본인은 "무겁다"고 생각해?

그렇지 않다 ♡ ♡ ♡ ♡ ♥ 무겁다

## 프리 스페이스

하야토 군에게 ♡

좋아하는 하야토 군과 ♡
빨리 하고 싶어······♥

아이나

내 모든 건,
전부 네 거야♥
아리사

앞으로도 마음껏
의지해 주세요♥

사키나

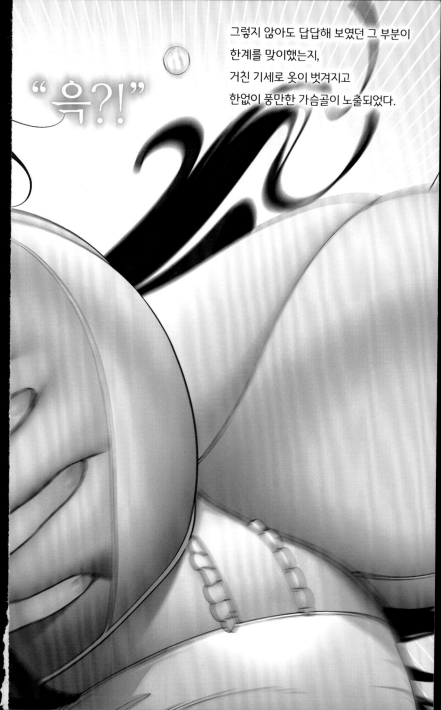

그렇지 않아도 답답해 보였던 그 부분이
한계를 맞이했는지,
거친 기세로 옷이 벗겨지고
한없이 풍만한 가슴골이 노출되었다.

"흑?!"

"뭔가 해 줬으면
하는 건 없어?"

신조 아리사
--------
쌍둥이 언니.
주인공 하야토를 좋아해서
그에게 예속되는 것이 꿈.

커버 그림, 본문 일러스트 | **기우니우**

# contents

story by Myon / illustration by Giuniu
designed by AFTERGLOW

프롤로그

otokogirai na bijin
shimai wo namae
mo tsugezuni tasuketara
ittaidounaru

"사, 살려줘어어어어어어어!"

나는 한심한 소리를 내며 필사적으로 달렸다.

도와줘, 누구라도 좋으니까 나 좀 도와줘. 그렇게 빌면서……
그러면서도 발을 멈추지 않고 나는 하염없이 달렸다.

이미 체력은 한계, 숨이 턱까지 차올랐지만 나는 걸음을 멈추
지 않았다. 이 걸음을 멈추면 끝장이란 걸 직감했기 때문이다.

"왜…… 대체 왜 호박이 쫓아오는 거냐고오오오오오오!"

그래! 나는 지금 호박에 쫓기고 있다!

아무것도 없는 길 위에서, 그저 앞을 향해 내달리면서 등 뒤를
돌아보았다.

"……우오오오오오오오!"

틀렸어. 걸음을 멈추는 것은 절대 불가능하다.

왜냐하면 쫓아오니까! 남을 약 올리는 것 같은 저 표정, 그때
내가 썼던 것과 똑같은 그 호박이 거대해져서 쫓아오니 필사적으
로 도망간다는 선택지 말고는 없다.

"젠장, 대체 어쩌다 이렇게 된 거야?!"

모르겠다. 어쩌다 이렇게 된 거지?

내가 무슨 잘못을 했길래? 마치 이것이 네가 받아야 할 벌이라
고 말하는 것만 같다. 내가 호박에 쫓길 정도의 악행을 저질렀나?!

"끄억?!"

그런 쓸데없는 생각을 한 탓일까, 나는 아무것도 없는 곳에서 발이 걸려 넘어지고 말았다.

뭐 하는 짓이냐며 자책해도 이미 늦었다…… 내 몸 전체를 뒤덮을 정도의 그림자가 나타났고, 나는 그 광경에 절망했다.

"아…… 아아……!"

히죽히죽 웃는 거대한 호박에, 나는 마침내 뭉개지고 말았다.

"헉?!"

번쩍 눈을 뜨며 잠에서 깨어났다.

조금 거칠어진 숨을 진정시키듯 심호흡하면서 천천히 뇌를 깨워 마음을 가라앉혔다.

"……꿈인가?"

멍하니 그렇게 중얼거린 나는 지금까지 꾸고 있던 것이 꿈이라는 것을 깨달았다.

하긴 그런 거대한, 대형 트럭만 한 호박이 이 세상에 존재할 리가 없지. 심지어 그런 호박에 쫓기다니 더더욱 말도 안 되는 일이었다.

나는 침대에서 나와 방에 놓여 있는 호박 가면 앞에 섰다.

"너랑 똑같이 생겼었다고, 이 바보 가면아."

이놈, 이놈, 하며 가볍게 쿡쿡 찔렀다.

정말 남을 약 오르게 하는 열받는 면상을 가진 호박 가면이다. 그렇기에 방에 장식할 만한 아이템은 아니었지만, 이 녀석은 나에게 어떤 의미로는 인연을 맺게 해 준 효력이 있는 물건이었다.

"……그런 점에서는 감사해야겠지만."

그렇게 말하며 쓴웃음을 지었을 때, 누군가 방문을 노크했다.

"하야토 군, 들어가도 될까?"

"들어와."

대답하자마자 문이 열렸고, 아름다운 검은 머리의 소녀가 나타났다.

그녀의 이름은 신조 아리사. 강도에게 습격당할 뻔한 것을 내가 도와주면서 인연이 생겼고, 그 후로 친해져서 지금은 내 여자친구가 된 아이다.

교복 위에서도 알 수 있는 커다란 가슴을 흔들며 나에게 다가온 그녀가 볼에 쪽 키스를 하고는 호박을 바라본다.

"왜 호박님을 보고 있어?"

"아니…… 거대해진 이 녀석한테 쫓기는 꿈을 꿨거든."

"굉장한 꿈을 꿨네……."

아리사는 어떻게 반응해야 할지 난감한 표정이었다. 나도 듣는 입장이라면 그런 표정이었겠지 싶어 쓴웃음이 나왔다.

"그건 그렇고 '호박님'이라니……."

"당연히 호박님이지! 이게 우리와 널 이어줬으니까!"

주먹을 불끈 쥔 아리사가 강하게 선언했다.

그녀에게 이 호박은 인연을 맺어주는 신과 동등한 존재였다. 종종 내 방에서 호박을 상대로 기도를 올리는 모습을 목격하곤 한다.

오늘도 또 기도하듯 손을 모으는 아리사.

나는 그런 그녀의 모습에 쓴웃음을 지으며 다시 한번 그녀와 마주 보았다.

"좋은 아침, 아리사."

"좋은 아침, 하야토 군♪"

그렇게 아침 인사를 나누고 나는 아리사와 함께 방을 나와 거실로 향했다.

거실로 들어서자 먹음직스러운 아침밥의 향기가 나를 맞이했고, 때마침 된장국의 간을 보고 있던 여자아이와 눈이 마주쳤다.

옆에 선 아리사 못지않은 미소녀이자, 몸매 역시 지지 않을 정도로 근사한 그 아이의 이름은 신조 아이나, 아리사의 쌍둥이 여동생으로, 그녀 또한 내 여자친구다.

"아, 하야토 군, 좋은 아침이야!"

"좋은 아침, 아이나."

아침 식사 준비를 잠시 멈춘 아이나가 나에게 달려왔다.

목에 팔을 두르듯 끌어안은 그녀를 마주 안자 마치 아까 아리사의 키스가 재현되듯 뺨에 키스를 받았다.

"아침은 역시 하야토 군과의 키스로 시작해야지♪"

"아하하, 덕분에 나도 굉장히 힘이 나. 뺨이라고는 해도…… 키스에는 신기한 힘이 있는 것 같아.”

“그러게.”

“후후, 맞아.”

아리사와 아이나, 특별한 관계이기도 한 그녀들과의 키스는 나에게 정말 신기한 힘을 준다.

아침에 학교 가기 전에 키스를 받으면 그날은 특히나 더 열심히 보내야겠다는 마음이 들 정도. 한없이 단순한 생각이지만, 그녀들을 정말 좋아한다는 것을 다시 한번 재확인하는 것이다.

“자, 하야토 군. 아침 먹을까?”

“그래! 이렇게 사이좋게 계속 붙어 있는 것도 이거대로 너무 좋지만, 학교에 늦으면 안 되니까!”

“알았어. 정말 항상 고마워, 두 사람 다.”

이렇게 오늘도 사랑하는 두 사람이 해 준 아침을 먹으며 행복한 하루의 시작을 알렸다.

나에게는 2명의 여자친구가 있다. 이건 말장난이나 은유가 아니라, 실제로 2명의 여자친구가 있다.

일부일처제인 일본에서 아내는 한 사람이어야 하고, 이에 따라 여자친구도 일반적으로는 한 사람이어야 한다. 그 속에서 나는 마치 금기를 범하는 마음으로 두 여자아이를 쌍방 동의하에 여자친구로 삼고 있다.

『하야토 군, 정말 사랑해.』

『하야토 군, 사랑해.』

그렇게 사랑을 속삭이는 두 사람의 목소리는 이제 그녀들이 곁에 없을 때조차 쉽게 떠올릴 수 있을 정도로 익숙해졌다.

우리가 만난 계기는 절대 유쾌하지 않았지만, 그렇기에 더욱 깊이감 있는 시간을 보내면서 지금과 같은 관계에 이르렀다.

두 여자애와 사귀는 건 주위에 공언할 수 있는 일이 아니다.

그러나 아리사와 아이나가 여자친구라는 사실은 정말 기쁜 일이고, 그 일에 후회는 전혀 하지 않는다. 앞으로도 그럴 일은 없을 것이라고 단언할 수 있다. 하지만 굳이 말하자면 나는 딱 하나…… 정말 딱 하나, 최근 사치스러운 고민을 하게 되었다.

『젠장…… 두 사람 다 왜 이렇게 야한 거냐고, 망할! 매번 내 이성을 끌어내리려고 하잖아…… 우어어어어어어! 싫지도 않고 오히려 기쁜 데다, 두 사람 다 굉장히 상냥하고 귀엽지만…… 으아아아아아아!』

이런 비명을 홀로 외치는 경우가 최근에는 특히 많아졌다.

그녀들과 만나 관계를 쌓아나가고, 두 사람의 맹렬한 대시를 받아 그 사랑에 빠져들겠다 스스로 선택하고, 그녀들과 연인 관계가 된 지 한 달이 지나며 지금은 슬슬 크리스마스가 다가오는 무렵이었다.

12월 24일, 그날 거리는 수많은 커플로 넘쳐난다.

연인들에게 아주 특별한 이벤트를 앞둔 가운데, 나는 오늘도 야하고 귀여운 미인 자매의 사랑을 받으며, 기쁨에 겨우면서도 필사적으로 인내하는 나날을 보내고 있었다.

▶▷

"……아~♪"

"후후, 만족스러워 보이네, 하야토 군?"

눈앞에서 가슴이…… 아니라, 아리사가 나를 내려다보며 그렇게 말했다.

지금은 점심시간이라 방금 식사를 마치고, 다른 사람의 눈을 피하듯 나와 아리사는 인적 없는 빈 교실에 와 있었다.

겨울이라 공기가 차가울 법도 하건만, 오늘만큼은 날씨가 맑아 평소에 비해 조금 따뜻했다.

우리들의 관계를 주위에 알리고 말고를 떠나 애초에 아리사와 아이나는 미인 자매로서 학교에서 엄청난 인기를 받는 절벽 위의 꽃이나 다름없는 존재다. 그런 그녀들과 필요 이상으로 가깝게 지내는 모습을 보이면 귀찮은 사태로 발전할 것이 불 보듯 뻔했기에 학교에서는 이런 식으로 숨어서 만나고 있었다.

"아리사의 무릎베개는 역시 좋네…… 엄청 편안해서 수업으로 지친 뇌가 단숨에 회복되는 것 같아."

"그래? 그럼 마음껏 즐겨줘♪"

"응, 고마워, 아리사."

"괜찮아. 난 너에게 도움이 될 수만 있다면 뭐든 다 좋으니까."

그렇게 말한 아리사는 싱긋 웃었다…… 아마도.

이럴 때는 아리사의 가슴이 너무 커서 그녀의 표정이 보이지 않는 게 불편하다. 뭐, 표정 대신 시야에 들어오는 게 너무나도 복에 넘치긴 하지만, 여자친구의 웃는 모습은 언제라도 보고 싶은 법이니까.

'아리사는 정말 봉사 정신이 투철하다고 할까…… 나라서, 그런 걸까…….'

지금 말에서 알 수 있듯이, 아리사는 어떤 상황에서도 나에게 도움을 주기 위해 애썼다.

그녀와 사귀기 전부터 그 편린을 말끝마다 느꼈지만, 이렇게 사귀기 시작하면서 그 증상은 더욱 두드러졌다.

"……."

"왜 그래?"

"……아니, 읏차."

나는 아쉬움을 느끼면서도 최고의 무릎베개에서 상체를 일으켰다.

의아한 얼굴로 나를 바라보는 아리사를 바라보며 나는 약간의 부끄러움을 억누르고 이렇게 말했다.

"오늘도 고마워, 아리사. 역시 나만의 여자야."

이 얼마나 낯간지러운 대사인가.

'나만의 여자'라는 말은 잘생긴 미남이나, 아니면 호스트업에 종사하는 남자만 쓸 수 있는 대사가 아닐까.

다만, 아리사에게는 매우 효과적인 말이다.

"아…… 아아♪"

뺨을 붉게 물들인 채, 두 손을 뺨에 대고 황홀한 얼굴로 나를 바라보는 그 모습은 그야말로 욕망에 물든 여자의 모습이었다.

'……이 눈빛이란 말이지. 종속된 것 같다고 할까, 분위기만으로도 내 소유라는 느낌이 진심으로 전해져서 너무 야해.'

……야하다! 정말로 모든 것이 너무 야해!

여성을 향해 이런 감정을 품는 것은 실례인 줄 알면서도 그런 생각을 버릴 수가 없었다.

"저기, 하야토 군. 그 밖에는? 또 뭔가 해 줬으면 하는 거 없어?"

그렇게 말한 아리사가 양손으로 내 왼손을 움켜쥐었다.

조금 서늘하게 느껴졌지만, 그것은 내 손의 열기가 아리사에 비해 더 뜨겁기 때문이라는 걸 깨달았다.

지그시 바라보는 이 순간 자체만으로도 충분히 행복한데, 이렇게 아리사와 단둘이 있는 상황에서 뭔가 해 줬으면 하는 것은 없는가…… 그런 질문을 받으니 솔직하게 어리광을 부리고 싶어지는 신기한 마음이 들었다.

"음…… 그러면 마음껏 어리광 부려도──."

"좋아."

말을 끝까지 다 잇기도 전에 나는 아리사에게 포옹을 받았다.

날 꼭 껴안으며 부드럽게 등을 쓰다듬는다. 지금 이곳이 학교인 것도 잊고, 이 온기에 진심으로 잠기고 싶었다.

"이렇게 하면 나도 행복해지지만, 날 원하는 게 그 이상으로 더 기뻐."

"그렇구나…… 나도 정말 행복해. 이렇게 있기만 해도 정말."

그런 식으로 아리사와 포옹을 하고 있는데, 키득거리는 귀여운 웃음소리가 우리의 귀를 간지럽혔다.

그런 목소리가 들렸음에도 우리는 누가 왔느냐며 당황하지 않았다. 그 목소리의 주인이 누구인지 이미 알고 있으니까.

"둘 다 아주 뜨겁네♪"

"어머, 아이나도 왔구나."

문 너머로 이쪽을 들여다보고 있던 것은 아이나였다.

키득거리며 웃는 아이나의 얼굴은, 천진난만이라는 단어가 딱 들어맞을 정도로 사랑스러웠다. 밝고 귀여운 그 모습에 이쪽까지 미소가 지어질 정도다.

"미안해, 언니. 하야토 군과 보내는 시간을 방해해서."

아이나가 미안하다는 얼굴로 그렇게 말하자 아리사가 가볍게 웃었다.

"그런 건 상관없어. 아직 조금 부족하긴 하지만, 남은 시간은 네게 나눠줄게."

"어, 그래도 돼?!"

"그럼. 하야토 군, 아이나를 부탁해."

오오…… 이것이 연상의 여유라는 건가?

하지만 문이 닫히기 직전, 어딘가 아쉬워 보이는 아리사의 표정이 뇌리에 강하게 박혔다. 그렇게까지 나를 좋아해 준다는 것이 정말로 기뻤다.

아리사와 교대하듯이 남겨진 아이나는 조용히 다가온 아리사와는 대조적으로 조금 과할 정도로 나를 껴안았다.

"하야토 군~~!"

"으앗?!"

달려들었다고 표현하면 과하려나? 하지만 그 정도의 기세로 나를 강하게 껴안은 아이나는, 내 가슴팍에 얼굴을 파묻으며 이마를 비비적대듯 짓눌렀다.

한참을 그러고 난 후 고개를 든 그녀는 만족스럽다는 얼굴로 변태 아저씨 같은 소리를 냈다.

"크흐으~♪"

"이상한 소리 내지 마!"

"뭐, 어때~! 그 정도로 좋았는걸♪"

……젠장, 귀여워서 더 이상 따질 수가 없어!

생글생글 미소 짓는 얼굴로 그 풍만한 육체를 온 힘을 다해 밀어붙이는 것은 아리사와 별반 다를 바 없었다. 하지만 들리는 바에 의하면 근소한 차이지만 아리사보다 더 크다고 하는 가슴으로 의식이 쏠릴 것만 같았다.

'큭…… 단순히 가슴을 짓눌러오는 것뿐인데, 왜 내 이성이 이렇게 뚝뚝 깎여 나가는 거냐고!'

그만큼 이 부드러운 물체에는 저항할 수 없는 마력이 담겨 있는 기분이었다.

나와 그녀들은 이미 연인 사이이고, 의도한 건지는 모르겠지만 아리사도 아이나도 과할 정도로 스킨십을 한다. 그렇다면 이제 괜찮지 않을까, 욕망대로 해도 좋지 않을까. 그렇게 생각하는 한편, 육체관계를 갖기엔 아직 이르다며 내 안의 천사가 나를 억누른다.

『이제 상관없잖아, 덮쳐버려!』

『안 돼! 아직 책임질 수 없는 나이잖아?!』

그동안 대체 몇 번이나 내 안에 사는 천사와 악마가 이런 언쟁을 벌였을까. 그것은 차마 다 셀 수 없을 정도다.

고등학생 때 육체관계를 갖는 건 요즘 시대에 그리 드문 일은 아니었지만, 그럼에도 만일의 일을 생각하면 무서움이 들었다. 그것은 자신을 위한 것이기도 했지만, 무엇보다 그녀들을 생각해서 그런 건데……!

"있지, 하야토 군. 아직 교실로 안 돌아갈 거지? 나랑도 더 놀아줘."

아리사와 아이나, 두 사람을 비교하는 짓은 하지 않는다. 하지만 아리사 이상의 달콤함이 느껴지는 소악마 같은 미소를 지으면서 하는 제안에, 나는 고개를 끄덕일 수밖에 없었다.

의자에 앉은 내 정면에 선 아이나가 그대로 내 무릎 위에 걸터앉았다.

내 어깨에 손을 얹고 나를 바라보는데, 혀를 쏙 내미는 그 모습은 아까도 말했다시피 소악마 같았고…… 어디의 만화 같은 곳에 나올 것 같은 서큐버스처럼 보여서 심장이 요동쳤다.

"에헤헤, 이러고 있으니까 정말 두근거린다. 하야토 군과 마주 보는 것만으로도 굉장한데, 이렇게 가까이 붙어 있으니까, 하반신이 욱신거리는 것 같아♪"

"……."

여자애가 하반신이니 뭐니 하는 소리를 하면 안 되지…….

지척에서 서로를 바라보고 있었기에 내가 얼굴을 붉힌 모습은 아마도…… 아니, 거의 확실하게 다 들켰을 것이다.

"정말! 하야토 군은 너무 귀엽다니까!"

"푸흡?!"

갑자기 큰 소리를 내는가 싶더니, 어느 순간 나는 아이나에게 안겨 있었다.

머리 뒤로 팔을 단단히 둘러버린 탓에 도망칠 수도 없었다. 나는 압도적인 부드러움 속에 얼굴을 처박은 채로 아이나에게서 뿜어져 나오는 달콤한 향기를 온 얼굴로 맡아야만 했다.

"응…… 후훗♪ 간지럽지만 이러고 있으면 행복해. 있지, 하야토 군, 엄청 두근거리지 않아?"

"……두근거려."

"그렇지? 아아, 정말 귀여워…… 자꾸만 웃음이 나고, 겨울인데도 몸이 점점 뜨거워지는 것 같아."

"……."

몸을 조금씩 떠는 아이나의 포옹을 받으며, 나는 결국 입을 다

물었다.

'아이나도 이렇단 말이지…… 정말로 나, 진짜로 잘 참는 거 아닐까?!'

아리사 때도 떠올렸던 생각은, 당연하지만 아이나의 경우에도 마찬가지였다.

다만 아이나는 아리사보다 보디 터치의 빈도가 훨씬 높았다. 물론 그것을 성가시다고 느낀 적은 한 번도 없는 것을 보면, 나 역시 그녀들에게 푹 빠진 것이겠지만, 어쨌든 아이나의 솔직한 애정 표현은 진심으로 기분 좋았다. 물론 아리사의 애정 표현도 다른 의미로 좋지만 말이다.

"하야토 군."

"응?"

머리를 안고 있던 힘이 느슨해져서 아이나의 가슴에서 얼굴을 뗐다. 아이나는 뺨을 붉히면서도 내게서 시선을 돌리지 않고, 그대로 입술에 키스했다.

그 후에는 별다른 일 없이 점심시간이 끝났고, 아이나를 배웅해 준 뒤 나도 내 교실로 돌아왔다.

"……후우."

자리에 앉아 작게 숨을 내쉬었다.

아리사와 아이나, 두 사람과 사귀기 시작한 이후부터 언제나 나는 이런 날들을 보내고 있다.

학교에서도 이런 식으로 숨어서 연애하는데, 주변 시선이 완전히 사라지는 집에서는 말할 것도 없다. 이들은 마치 고삐가 풀린 것처럼 학교에서 했던 것보다도 더 달콤하고 집요한 애정 표현을 한다.

'나…… 언제까지 버틸 수 있을까?'

귀여울 뿐만 아니라 미인에다 야한 여자아이 두 사람이 이렇게 거리를 좁혀오는 상황에서 인내하고 있는 나……. 어쩌면 곧 득도하는 것이 아닐까? 비교적 진심으로 그런 생각이 들었다.

'엄마, 아빠── 하늘나라에서 지켜보고 있을까? 나는 너무 행복하지만, 고행 같은 나날을 보내고 있어.'

행복하지만 힘겨운 나날…… 그것이 나── 도모토 하야토의 일상이었다.

애초에 이런 것이 고민이라고 하면, 이 세상 남자들이 날 죽이려 들겠지. 엄마와 아빠는…… 특히 엄마는 배를 움켜쥘 정도로 폭소하면서 나를 지켜보고 있지 않을까.

어쨌든 나는 행복하다. 물론 아리사와 아이나 두 사람에게 받는 애정 표현에 지금까지 이상으로 푹 빠져 버리는 것은 아닐까…… 하는 두려움도 있지만, 그런 두려움마저 삼켜버릴 정도로 그녀들은 나를 사랑해 준다.

……세상에, 정말이지 사치스러운 고민이네. 나는 쓴웃음을 지으며 수업에 집중했다.

1. 성야의 붉은 소악마 자매

otokogirai na bijin
shimai wo namae
mo tsugezuni tasuketara
ittaidaunaru

"올해 크리스마스는 어쩔 거냐?"

"우리한테 여자친구가 있냐 뭐가 있냐. 그냥 남자끼리 놀아야지 뭐."

어느 날 방과 후, 내 옆에서 친구 두 명이 크리스마스에 대해 대화를 나누고 있었다.

오타쿠 느낌의 미야나가 소타, 근육질에 약간 불량해 보이는 아오지마 카이토── 고등학교에 입학한 뒤로 알게 된 사이인데, 한번 대화를 해 보니 말이 잘 통해 곧바로 친해진 아이들이다.

"하긴. 핼러윈도 우리끼리 보낸 마당에, 크리스마스에 보자는 말도 새삼스럽군."

"그렇지. 뭐, 밖에 나갔다가 수많은 커플을 보고 울지도 모르지만."

"알면 굳이 말하지 마……. 안 그러냐, 하야토?"

"어? 아, 아아, 그렇지."

참고로 난 이미 크리스마스 일정이 정해진 상태다. 아리사와 아이나가 우리 집에 올 예정이다.

처음에는 어딘가에 나갈까? 선물을 준비할까? 하는 이야기가 나왔었는데, 여러 차례 이야기를 거듭한 결과 결국 우리 집에서 여유롭게 케이크 파티를 하면서 보내자는 결론이 나왔다.

"둘 다 미안해. 크리스마스 땐 볼일이 좀 있어서."

"그때 볼일이 있다고?"

"설마…… 여자냐?!"

이걸 긍정하면 분노를 사겠지……. 심지어 그 대상이 신조 자매라고 하면 더욱 그럴 거다. 이거, 두 사람과 사귀고 있다고 말하는 날에는 살해당하는 거 아니야?

두 사람은 어떻게 된 일이냐면서 추궁했지만, 당연히 진심은 아니었기에 곧바로 웃으며 이렇게 말했다.

"……어쩔 수 없지. 그리고 사실 나도 집안일이 좀 있어."

"뭐야, 둘 다 안 돼? 그럼 난 가족이랑 같이 크리스마스 케이크나 먹어야겠네."

두 사람 다 가족과 관련하여 크리스마스에 예정이 있는 모양이었다.

놀지 못하는 것에 대한 불평을 토로하는 것이 아닌, 가족과 함께하는 시간이 생겼다며 웃을 수 있다는 것은 정말 좋은 일이다.

가족을 소중히 여기는 사람 중에 나쁜 사람은 없다지 않은가. 극단적인 비유일지도 모르지만 적어도 나는 그렇다고 굳게 믿고 있다.

"가족이라……. 안 그래도 요즘 엄마한테 조금씩 하야토를 닮아가는 거 아니냐는 말을 듣는데."

"아, 하야토랑 같이 있으면 자연스럽게 부모님을 소중히 여기자는 마음이 든다는 거지? 사실 따지자면 효도하는 거야 당연한 일이지만, 이전보다 효도란 단어에서 무게감이 느껴진다고

나 할까……."

"뭐야, 둘 다. 왜 날 그런 눈으로 보는 건데."

남자 놈들이 고맙다는 얼굴로 쳐다보지 말라고. 민망하다 못해 닭살이 돋는다.

"네가 이렇게 만든 거라니까? 대단한 거야."

"우리도 네게 무슨 일이 생기면 도와줄 테니, 언제든지 말하라고."

"……고맙다."

어쩌지, 내가 다 민망하다.

수줍게 대답한 내 모습을 두 사람이 히죽히죽 웃으며 바라보았다. 이들의 감사는 진짜겠지만, 그 히죽거림에서 장난기를 느낀 나는, 고개를 돌리며 시선을 피하고 말았다.

그리고 시간은 흘러 순식간에 방과 후가 되었다.

『오늘 저녁은 우리 집에서 먹을 수 있을까? 평소처럼 엄마도 보고 싶다고 해서서.』

아리사에게 그런 메시지가 와 있었다.

아침마다 우리 집에 와주는 건 기본이고, 저녁에도 그녀들이 우리 집에 오거나 아니면 내가 그녀들의 집에 가는 것이 당연한 일상이 되어 있었다.

'음…… 친구들이랑 놀다가 가니까 6시쯤엔 갈게, 전송…….'

그렇게 메시지를 보낸 뒤 스마트폰 화면을 끄고 친구들과 함께 밖으로 나왔다.

"어디 갈래?"

"노래방 어때?"

"좋네."

행선지가 바로 정해져서 늘 가던 노래방으로 가던 중, 간식거리를 손에 든 반 남자애들과 스쳐 지나갔다.

그 순간, 신기할 정도로 그들의 대화가 귀에 잘 들어왔다.

"요즘 신조 자매 엄청 즐거워 보이지 않아?"

"남친이라도 생긴 모양이지."

"설마. 어딘가의 재벌 2세 정도면 모를까, 평범한 남학생이 눈에 차겠냐."

"그런가? 하긴, 그 정도면 평범한 남자로는 만족할 수 없을지도 모르겠네."

그들의 대화를 듣고, 나는 무심코 그쪽을 향해 걸음마저 멈추고 말았다.

지금 한 말에 무슨 생각을 한 것은 아니다. 그렇지만 어쩐지 자연스럽게 걸음을 멈추고 말았다.

"왜 그래?"

"무슨 소리라도 들었어?"

"……아니, 아무것도 아니야."

의아한 얼굴로 바라보는 두 사람에게 고개를 흔든 나는 이내 다시 그들 옆에 섰다.

그 뒤로는 셋이 놀며 즐겁게 보냈다. 애니송이니 옛날 노래니,

보이는 대로 마구 선곡했고, 목이 잔뜩 쉴 정도로 노래를 열심히 불러댔다.

　겨울 방학 전에 있는 기말고사도 막 끝난 참이고, 아리사와 아이나에게 위로를 받았다고 해도 아주 조금은 스트레스가 남아 있었던 걸까? 뭐, 있다고 해도 없는 거나 마찬가지겠지만.

　"후! 이거지! 스트레스가 확 풀리네!"

　"이렇게 질러대야 노래방이지!"

　두 사람의 말에 나는 고개를 끄덕였다.

　현재 시각은 5시 15분…… 슬슬 돌아갈까. 그렇게 생각하던 때였다. 나는 적잖이 그리운 얼굴을 보았다.

　"……!"

　우리 고등학교와는 다른 교복 차림의 학생들. 그 무리 속에 익숙한 얼굴이 한 명 있었다.

　"왜 그래?"

　"다른 학교 애들이네."

　넓은 길거리를 걷다 보면 다른 고등학교 애들과 엇갈리는 거야 흔한 일이니, 대수롭지 않은 반응이야 당연했지만…… 나로서는 뜻하지 않은 조우였다.

　'……뭐, 사는 지역이 똑같으니, 그야 마주치는 날도 있겠지.'

　저 소녀가 바로 아리사와 아이나에게 이야기했던, 중학생 시절에 잠시 사귀었다가 헤어진 여자애다.

　『우리, 헤어질까.』

몇 주 뿐이었던 교제, 그야말로 소꿉놀이 같은 만남이었다.

여자친구가 생긴 건 기뻤지만, 무작정 날아오를 듯 기뻤던 것도 아니었다. 그렇기에 그녀가 먼저 이별을 선언했을 때도, 드라이하게 고개를 끄덕였을 뿐이었다.

'그야 지루했겠지. 사귄 뒤에 뭔가 특별히 해 준 것도 없었고.'

……에이! 이제 됐어!

이미 지나간 일이니 신경 쓰지 않을 생각이었는데, 이렇게 떠올리면 결국 기분이 가라앉는다. 지나치게 감성적이다.

나와 그녀는 이미 끝난 관계고, 서로 불미스러운 일이 있었거나, 미련이 남은 것도 아니다. 딱히 내가 저쪽을 의식할 이유가 없는 거다.

"그럼 난 이만."

"어, 또 보자~!"

"잘 가~."

소타와 카이토에게 손을 흔들어 작별을 고한 나는 그대로 신조네로 향했다.

그녀들이 사는 집이 보일 때쯤엔 거리에서 있었던 만남도 머릿속에서 완전히 사라진 상태였다. 나는 평소와 마찬가지로 두근거림을 억누르고 초인종을 눌렀다.

"아리사와 아이나…… 어느 쪽이 마중을 나와줄까?"

남몰래 그런 소소한 알아맞히기 게임을 해 본다.

으음…… 아이나! 그런 답과 함께 현관에서 기다리고 있자, 문이 열리고 한 여성이 얼굴을 내밀며 상냥하게 미소 지었다.

"들어와요, 하야토 군. 기다리고 있었어요."

"아, 안녕하세요, 사키나 씨."

마중을 나온 것은 그녀들의 엄마인 사키나 씨였다.

몇 번을 봐도 고등학생 딸을 둘이나 됐다고는 상상할 수 없는 외모다. 아리사와 아이나와 닮았으면서도 더 아름다운 외모에, 안 된다는 것을 알면서도 나도 모르게 두근거리고 만다.

하지만 이 사람은 그런 마음을 손쉽게 날려버릴 정도로 상냥했다.

"아, 그렇지 참── 어서 와요, 하야토 군."

"……다녀왔습니다."

나는 이 집의 구성원이 아니다. 사키나 씨의 처지에서도 나는 딸들과 사귀고 있는 남자친구일 뿐이다. 그런데도 이 사람은 늘 내가 이곳으로 올 때마다 어서 오라고 하며 날 환영한다.

"밖이 많이 추웠죠? 방을 데워놨으니까 어서 안으로 들어와요."

"아, 네."

"아, 하지만 그 전에, 오늘도 꼭 끌어안게 해 줄래요?"

양팔을 벌린 채 사키나 씨가 나를 기다렸다.

……이런 건 부모와 자식 간에 하는 일이 아닐까? 이런 상황이 되면 늘 어떻게 해야 하나 망설여졌지만, 그 망설임이 허무하게도 나는 곧 사키나 씨에게 몸을 맡겼다.

아리사와 아이나와도 다른 커다란 안도감. 그야말로 어른의 포용력이다. 이 포용력이 아리사와 아이나의 상냥함으로 계승된 게 아닐까.

'……아아, 압도적인 모성애야.'

모든 걸 감싸 안는 상냥함과 옷 위로도 느껴지는 압도적인 크기와 부드러움…… 그럼에도 아리사와 아리나 때처럼 달아오르지 않는 것은, 사키나 씨가 돌아가신 엄마를 떠올리게 하기 때문이겠지.

"두 사람은요?"

"사이좋게 목욕하고 있어요. 얼른 끝내고 하야토 군과 꼭 붙어 있고 싶었던 거겠죠."

"아하하, 그거 영광이네요."

사키나 씨와 함께 거실로 향하니 역시나 두 사람은 없었다.

그리고 저녁을 준비하는 사키나 씨를 도와주며 두 사람을 기다리고 있는데, 먼저 목욕을 마치고 나온 사람은 아이나였고 잠시 후 아리사도 나왔다.

"왔구나, 하야토 군!"

"어서 와, 하야토 군♪"

그리고 당연하다는 듯이 두 사람은 내 팔을 끌어안았다.

아리사가 핑크색, 아이나가 오렌지색으로 디자인은 거의 똑같은 잠옷이었다. 이런 완전히 프라이빗한 모습도 남자친구이기에 볼 수 있는 거겠지.

교복과도 사복과도 다른 그녀들에게 둘러싸여 나는 허물어지려는 뺨을 필사적으로 다잡기 위해 애썼다.

"후후, 그럼 나도 씻고 와야겠네. 씻고 올 때까지 남은 준비는 두 사람에게 부탁할게."

"알았어요."

"추우니까 따뜻하게 하고 와!"

사키나 씨가 나가고, 거실에 남은 우리들.

파자마 차림으로 목욕을 마친 아리사와 아이나…… 탕에서 몸을 데우고 나온 두 사람에게 안겨 있는 것은 기분 좋았고, 보디워시나 샴푸의 향기도 무척 좋았다.

"후후."

"에헤헤."

두 사람은 양쪽에서 천사 같은 미소를 지으며 쪽 하고 동시에 볼에 키스했다.

"자, 아이나, 하야토 군을 위해 열심히 요리해야지."

"알고 있어♪ 그럼 하야토 군은 편하게 쉬고 있어."

아니, 도와주고 싶은데……?

편하게 쉬라는 말을 들었지만, 조금 전까지 사키나 씨를 도와주고 있었던 나는 팔을 걷어붙이고 의욕 넘치는 표정을 지어 보였다. 그럼에도 다시 한번 쉬고 있으라는 말을 듣고 어쩔 수 없이 물러났다.

"……이러다가는 더더욱 한심한 인간이 돼 버릴 것 같아."

즐겁게 요리하는 미인 자매 두 사람을 바라보는 것만으로도 호사스러운데, 나를 위해 실력을 발휘해 요리까지 해 주니 더더욱 호사스러웠다.

"……"

그 후로도 나는 계속 아무것도 하지 않은 채 요리하는 두 사람을 바라보았다.

사키나 씨가 목욕을 마치고 나온 뒤에는 더더욱 신속하게 준비가 진행되었다. 아리사와 아이나의 애정이 듬뿍 담긴 것은 물론 사키나 씨까지 요리에 손을 보태준 덕분에 정말 최고의 저녁을 먹었다.

"오늘 요리는 어땠어?"

"응. 엄청 맛있었어."

"정말 맛있게 먹어줬지. 그 모습을 본 것만으로도 기뻐."

저녁 식사 후에는 아리사의 방으로 들어왔다.

내일도 학교에 가야 하므로 슬슬 돌아가야 했지만, 조금 더 그녀들과 시간을 보내고 싶었다.

"슬슬 크리스마스네. 그다음은 겨울 방학이고…… 으음~, 하야토 군과 시간을 더 많이 보낼 수 있다고 생각하니까 너무 행복해 ♪"

"심심하지 않을 거야. 외로움은 한순간도 느낄 수 없는 겨울 방학으로 만들어 주겠다고 약속할게. 각오해, 하야토 군."

"아, 으응…… 좀 무섭기도 하지만."

무섭다니, 이상한 일이다.

우리에게 다가올 날들은 틀림없이 행복한 일들뿐인데, 무슨 일이 벌어질지 생각하면 아주 약간 등골이 오싹해졌다.

그렇게 몸을 떠는 나에게 그녀들이 일제히 달려들었다.

한쪽뿐이라면 몰라도 두 사람의 체중을 버티는 것은 안타깝게도 불가능했고…… 나는 부드러운 질감의 융단 위에 눕고 말았다.

"……밤은 외로워."

"……밤엔 외로워."

"아리사, 아이나."

이건 집으로 돌아가려는 나에게 털어놓은 그녀들의 심정이었다.

물론 만나려면 언제든지 만날 수 있고, 대화라면 전화로 언제든지 마음을 이어갈 수 있다.

그래도 역시 잠시뿐이라고는 해도, 이별의 시간이 오면 이들은 급격히 나약해진다.

이런 모습을 보면 마음 같아서는 그녀들을 그대로 끌어안고 계속 곁에 있어 주겠다고 말해 주고 싶다. 하지만 그렇게 걱정할 필요는 없었던 모양이다.

"빨리 같이 살고 싶다."

"응, 응♪ 그렇게 되면 아침부터 저녁까지 쭉 같이 있을 수 있을 텐데……. 같이 사는 거 너무 기대돼!"

"아하하……."

조금 전까지 불안하고 쓸쓸해하던 표정은 온데간데없이 사라지고, 두 사람 다 미래의 모습을 즐겁게 이야기하고 있다.

그 후 나는 준비를 갖추고 아쉬움을 남기면서도 신조네를 떠났다.

따뜻한 그녀들의 집을 나서자, 겨울의 추위가 나를 감쌌다. 밤은 꽤 춥다. 제대로 챙겨입지 않으면 감기에 걸릴 것 같다.

"감기 걸려서 걱정을 끼칠 수는 없지. 아리사와 아이나뿐만 아니라, 소타랑 카이토도 걱정할 것 같고."

그건 그렇고 정말 하루하루 충실한 나날을 보내고 있다는 생각이 들었다.

줄곧 함께했던 절친들과도 변함없이 사이가 좋고, 여자친구가 되어준 두 사람과도 더없이 행복한 나날을 보내고 있다.

이렇게 행복했다가 나중에 반동이 찾아오는 건 아닐까. 그런 불안한 마음도 들지만 아마도 쓸데없는 걱정이겠지. 절망적인 미래가 올 기색조차 느껴지지 않는다.

"……아니, 나뿐만이 아니야. 그 애들도."

자신뿐만 아니라 그녀들이 슬퍼할 미래도 절대 오지 않을 것이다.

그것이 나의 맹세이자…… 앞으로 계속, 이 가슴에 품을 마음이었다.

"다녀왔습니다~."

저쪽에서 저녁을 먹고 오기도 해서 할 일이 그렇게 많지는 않았다.

목욕하고 양치질을 한 뒤 방에 돌아와 스마트폰을 확인했더니 아이나에게 메시지가 와 있었다.

『벌써 집에 도착했어? 오늘은 즐거웠어, 하야토 군♪ 나도 언니도 엄마도 행복한 시간이었어! 너무 좋아! 사랑해, 하야토 군!』

"글씨뿐인데도 엄청난 에너지가 느껴지네."

글자 속에서 아이나의 열정이 전해지는 것 같았다.

답장이 늦어진 것에 대한 사과와 이미 목욕을 마쳤다는 것, 이제는 잠들 일만 남았다는 것을 그녀에게 전했다.

『알았어. 그럼 잘 자, 하야토 군. 잠드는 그 순간까지 널 생각할게♪』

"……귀엽긴."

지금은 나 혼자였기에 아무리 히죽거린다 해도 볼 사람은 없다.

유리창에 희미하게 반사된 내 얼굴은 아니나 다를까, 어찌나 히죽거리는지 밖에서는 절대로 보여줄 수 없는 얼굴을 하고 있었다.

"후우, 오늘 피곤하네."

방으로 돌아오자마자 간단하게 내일의 준비를 하고 침대에 누웠다.

아리사와 아이나, 사키나 씨와 보내는 시간은 최고였고, 절친 두 명과의 시간도 무척 즐거웠다…… 그나저나 설마 그 애를 보게 될 줄은 몰랐는데.

"……."

중학교 시절의 전여친…… 어쩐지 그녀를 떠올리자 아까 스쳐 지나간 남자애들의 말이 되살아났다.

『하긴, 그 정도면 평범한 남자로는 만족할 수 없을지도 모르겠네.』

만족이라…….

사실 그 순간, 정말 순간적으로 나한테 말하는 것처럼 들렸다.

나는 아리사와 아이나를 만족시켜 줄 수 있을까? 만약 그러지 못한다면 또 헤어지는 것은 아닐까…….

"정말 꼴사납네."

거기서 나는 강하게 고개를 저었다.

"이건 이미 전에 한 번 고민했던 일이잖아, 하야토. 두 사람과 사귀기로 한 시점에서 모두 받아들이고 각오했던 일이야. 이제 와서 그런 일로 고민하지 말라고, 이 멍청한 놈아."

스스로를 타이르듯 짝짝 두 뺨을 내려쳤다.

만족시켜 주지 못하는 것은 아닐까, 언젠가 전여친처럼 멀어지는 것은 아닐까 같은 것들, 그런 생각을 할 겨를이 있다면 지금의 내가 그녀들에게 해 줄 수 있는 일을 생각하는 것이 맞겠지.

어려운 것 따위 없다. 그녀들이 내게 주는 마음을 받아들이고, 나 역시 내 마음을 되돌려주면 된다.

"음…… 역시 마음가짐이나 완급 조절이 중요하다는 거겠지…… 그건 그렇고――."

자, 다시 마음을 가라앉히고 새롭게 상상한 것은 크리스마스에 대한 것이었다.

아리사와 아이나 두 사람과 함께 보내는 것은 거의 확정이지만, 도대체 어떤 크리스마스가 될까. 아리사는 몰라도 아이나는 확실히 뭔가 꾸미고 있는 모습이었다.

"······큭! 설레서 못 참겠네, 젠장!"

흥분을 감추지 못하고 침대 위에서 발을 동동 굴렀다.

이것은 결단코 야한 생각을 해서 그런 것이 아니다. 단순히 여자친구라는 존재와 크리스마스를 함께 보낼 수 있다는 것에 설렘일 뿐이라고! 암, 그렇고말고! 이론은 인정하지 않겠다!

"······후우."

한바탕 흥분하고 나자 찾아온 것은 엄청난 졸음이었다.

방의 불을 끈 채 어두운 천장을 멍하니 바라보고 있으니 금세 졸음이 찾아왔다.

"즐거운 크리스마스가 됐으면 좋겠다······ 아니, 무조건 즐겁겠지."

그리고 나는 그대로 꿈나라로 떠났다.

12월 24일. 드디어 크리스마스이브다.

며칠 전부터 눈이 내린 덕에, 많이 쌓이지는 않았지만, 하얀 눈이 거리를 장식하고 있다.

크리스마스이브인 오늘은 금요일로 수업이 있는 날이다.

학교 안의 광경은 아침부터 다들 조금은 어수선한 분위기로, 남자들 쪽에서 여자들을 초대하기도 하고 혹은 그 반대도 많았다.

'뭐, 모처럼이니까 다들 크리스마스 추억쯤은 남기고 싶겠지.'

만약 여자친구나 남자친구가 없다고 해도 평소 사이좋은 친구와 신나게 놀면서 보내는 것도 좋을 것이다. 아마 아리사와 아이나와 사귀지 않았다면 나도 고정 멤버들과 놀지 않았을까.

"……으음~."

자, 현재 시각은 곧 저녁 5시다.

오늘을 위해 예약해 둔 케이크는 내가 가게에 받으러 갔고, 저녁 식사는 아리사와 아이나라는 전문가가 직접 요리해 줄 예정이다. 준비는 완벽하다.

"사키나 씨도 계셨으면 좋았을 텐데……."

처음엔 사키나 씨도 부를 생각이었는데, 모처럼 함께하는 밤이니 우리들끼리 즐기라며 배려해 주셨다.

그 부분만큼은 조금 아쉽긴 하지만, 뭐 다른 기회에 사키나 씨도 초대해 다 같이 즐기면 될 일이다.

"슬슬 오려나?"

그렇게 중얼거린 직후, 초인종이 울리는 소리에 나는 현관으로 향했다.

문을 열자, 쇼핑백을 든 두 사람이 서 있었고, 갈아입을 옷이 든 것처럼 보이는 가방도 들고 있었다. 그보다 아이나 가방, 좀 과하게 크지 않나? 하긴 여자애니까 이것저것 필요한 게 많은 거겠지.

"왔어♪"

"우리 왔어♪"

생글생글 웃는 두 사람을 보며 나는 속으로 귀여워! 하고 크게 소리쳤다.

히죽거리는 보기 흉한 얼굴이 아닐까 불안했지만, 눈치채지 못했을 거라 믿고 두 사람을 집 안으로 들였다.

"눈이 내렸나 보네."

"응, 조금이지만."

"엄청 예뻤어. 화이트 크리스마스인 거네?♪"

내가 집에 올 때는 안 왔는데, 아무래도 두 사람이 이쪽으로 올 때는 많이는 아니지만 적잖이 눈이 온 모양이었다. 그걸 알아차린 이유는 두 사람의 코트에 눈이 녹은 흔적이 있었기 때문이다.

이미 난방이 된 거실에 두 사람이 들어와 코트를 벗었다.

당연히 그 안쪽은 사복이다……. 두 사람이 코트를 벗는 그 몸짓만으로도 두근거리는 것은 어쩔 수 없었다.

'……게다가 오늘 두 사람은 우리 집에서 자고 가는 거잖아?'

그래…… 그렇다!

내일이 휴일이기도 해서 두 사람은 우리 집에 머물게 되었고, 이에 관해서는 사키나 씨에게 미리 허락을 받아두었다.

처음으로 자고 가는 날……! 언젠가 이런 날이 올 거라고는 생각했지만, 설마 이렇게 금방일 줄은 몰랐다. 솔직히 벌써 심장이 시끄럽게 요동치고 있다.

"하야토 군."

"어, 어?!"

아…… 나도 모르게 이상한 대답이 나오고 말았다…….

말을 걸어온 아리사뿐만 아니라 아이나도 생글생글 웃고 있는 것을 보니 아무래도 내 상태는 이미 간파당한 모양이다. 다만 나를 바라보던 두 사람은 곧바로 진지하게 표정을 바꾼다.

"한 번 더 인사를 드려도 될까?"

"응. 괜찮을까?"

두 사람의 물음에 나는 고개를 끄덕이고, 속으로 고맙다는 말을 중얼거리며 그녀들을 바라보았다.

향한 곳은 거실 한쪽── 그곳에는 불단이 있었다.

아리사와 아이나는 불단에 손을 모으고 몇 초간 눈을 감은 뒤입을 열었다.

"오늘도 실례하겠습니다. 어머님, 아버님."

"안녕하세요, 실례할게요. 하야토 군의 어머님, 아버님."

뭐랄까, 이렇게 두 사람이 불단에 기도를 올려주는 것이 말할수 없이 기뻤다.

소타와 카이토도 우리 집에 오면 기도를 올리는데, 정말 감사하면서도 한편으로는 마음이 찡했다.

마지막으로 한 번 더 손을 모으고 조용해진 두 사람의 등을 바라보며, 나는 불단에 놓인 부모님의 사진으로 시선을 돌렸다.

'엄마와 아빠도 실제로 만났다면 좋았을 텐데⋯⋯.'

정말로, 그것만이 유일한 아쉬움이었다.

하지만 마음에 잠시 찾아든 쓸쓸한 이 감정은 여기서 작별이다. 아리사가 솔선수범해 만찬 준비에 착수하는 와중, 나는 궁금했던 것을 아이나에게 물었다.

"저기, 아이나."

"왜?"

"아리사에 비해 가방이 꽤 크던데, 저건 뭐야?"

그러자 아이나는 짙게 미소 짓더니⋯⋯ 잠깐, 이 미소 어디선가 본 적이 있다.

그것이 언제였는지를 떠올리고 있는데, 아이나는 입술에 손을 얹고는 장난스럽게 이렇게 말했다.

"그건 말이지♪ 곧 알게 될 테니까 기대해?"

"⋯⋯."

뭐, 이런 식으로 말하면서 알려주진 않았지만.

억지로 물어볼 생각은 없었다. 괜히 폼 잡는 것처럼 보일지도 모르지만, 나중에 알려준다고 하니까 뭐⋯⋯ 아~ 응. 하지만 역시 신경은 굉장히 쓰인다.

"그럼 나 먼저 씻고 올게."

"다녀와⋯⋯ 아, 등 씻겨줄──."

예전에 비해 날씨가 제법 추우니 정중히 거절했다.

뭐, 아이나의 제안에 심장이 잠시 두근거린 것은 사실이지만,

아리사도 아이나를 말리려는 분위기였기에 쳐들어오는 일은 없지 않았을까? 물론…… 한 번 더 여자친구와 목욕할 수 있을지도 모르는 기회를 놓친 것은 진심으로 아쉬웠지만.

그 후 나는 두 사람의 배웅을 받으며 욕실로 가 몸을 녹였다.

아이나의 성격상 묻지도 따지지도 않고 돌격하지 않을까. 그런 약간의 기대와 불안감을 느꼈지만, 그런 일은 벌어지지 않았고 평온하게 목욕을 마칠 수 있었다.

"다 했어. 아이나, 들어갈래?"

"응! 하야토 군이 들어갔다 나온 물을 느껴야지~!"

그러니까 여자애가 그런 말 하는 거 아니라니까!

"아이나!"

거봐, 언니가 더럽다면서 화내잖――.

"내가 들어갈 거니까 나랑 교대해!"

그쪽이었냐~!

나도 모르게 따질 뻔한 걸 가까스로 참고, 결국 먼저 욕실로 향하는 아이나를 나와 아리사가 배웅하게 되었다.

"방금 대사는 보통 남자가 하는 거 아닌가?"

"저 애는 하야토 군이 생각하는 것보다 훨씬 더 밝히거든. 착각이 아니라."

"……아리사도 교대해 달라고 하지 않았어?"

"환청이야."

그거 꽤 편리한 환청이군요, 아리사 씨.

아마 지금의 나는 어이없다는 눈빛을 하고 있겠지. 뺨을 붉힌 채 휙 고개를 돌린 아리사가 작은 목소리이긴 했지만 알아들을 수 있는 목소리로 중얼거렸다.

"어쩔 수 없잖아…… 그 정도로 좋아하니까."

어, 으음, 그렇게 말하면 나도 더는 받아칠 말이 없다.

다만 그…… 들어갔다 나온 물을 느끼고 싶다는 발언 자체도 좀 그렇고, 여전히 그녀들의 사랑이 무겁게 느껴지는 한편, 스스로 그 정도로 사랑받지 않으면 만족할 수 없다고 생각하는 것을 보면, 나는 이미 틀렸을지도 모른다.

그로부터 얼마 지나지 않아 발그레한 얼굴을 한 아이나가 돌아왔고, 아리사도 교대하듯 목욕하러 갔다.

"……아아…… 하아♪"

"왜 그래?"

"아니, 온몸이 하야토 군에게 감싸인 기분이라……♪"

내 눈앞에서 아이나는 온몸을 감싸 안듯이 팔을 교차시켰고, 괴로운 표정으로 한숨을 내쉬며 몸을 떨었다── 그리고 이런 한 마디를 했다.

"이 몸의 열기만으로도 임신해 버릴 것 같아♪"

"……."

다음 순간, 나는 미리 준비해 둔 발지압판 위에 전력으로 올라 탔다.

발바닥을 통해 전해지는 강렬한 통증에 저도 모르게 눈물이

흘렀다. 그런 나를 본 아이나가 걱정스러운 얼굴로 빠르게 다가왔다.

"갑자기 뭐 하는 거야?"

"놔…… 이거 놔, 아이나!"

"하야토 군이 정신을 놨어?!"

여러 가지로 의식해 버릴 것 같은 상황에서도 이것 덕분에 이성을 유지할 수 있었다.

다만 뭐, 경악스러워하는 아이나의 표정을 보고 말았지만, 이건 필요한 일…… 필요한 일이다!

"크윽, 아파…….."

"그야 당연하지! 발지압판인걸…… 웃차."

"아이나 씨?!"

뭐든 시험해 보려는 마음인 걸까, 아이나가 내 옆에 나란히 서듯이 폴짝 뛰어올랐다.

그녀의 예쁜 발바닥이 낙하한 끝에는 당연히 사냥감을 기다리는 돌기…… 그 순간 아이나의 비명이 울려 퍼졌다.

"정말이지, 뭐 하는 거야 둘 다."

그리고 욕실에서 나온 아리사에게 어이없다는 시선을 받고 말았다.

세 사람이 모이자, 본격적으로 저녁 준비가 착착 진행되었고 치킨과 수프 등 맛있는 음식들이 줄줄이 차려졌다.

"맛있겠다……. 잘 먹겠습니다!"

"맛있게 먹어♪"

"잘 먹겠습니다~♪"

아리사와 아이나가 해 준 요리는 크리스마스에 맞춰 평소와는 다른 특별 메뉴였지만, 역시 최고였다.

"항상 생각하지만, 정말 하야토 군은 맛있게 먹어주는 것 같아."

"응, 응…… 그보다 언니? 이 대화 전에도 하지 않았나?"

"몇 번을 해도 좋은 거잖아?"

"그건 그래!"

두 사람의 대화에 나도 미소 지으며 천천히 음식을 맛보았다.

그렇게 먹는 동안 난 요리가 맛있는 것은 물론…… 그 이상으로 이 공간의 아늑함이 요리의 맛을 더 끌어내는 것이 아닐까.

'혼자 지내기엔 넓은 거실이었는데…… 두 사람이 온 것만으로 이렇게 따뜻한 공간으로 바뀌는구나.'

여기가 만약 우리 집이 아니라 신조네였다면 사키나 씨까지 가세해 더욱 시끌벅적해지겠지.

그런 식으로 그녀들이 주는 따뜻함에 감사를 느끼는데, 유난히 강렬하면서도 다정한 시선을 느꼈다.

"……왜?"

"후후, 아무것도."

"아무것도 아니야♪"

아무것도 아닌 게 아닌데……?

그리고 저녁을 다 먹은 뒤 사 온 케이크도 셋이 함께 나눠 먹었다.

꽤 인기 있는 케이크 가게라 비싼 가격만큼 맛있었고, 두 사람이 좋아해 줘서 더더욱 만족스러웠다.

"……자, 그럼."

그렇게 시간이 흘러갔고, 나는 혼자 방에서 그녀들을 기다리고 있었다.

나도 정리하는 것을 도와주려 했지만, 설거지는 모두 아리사가 한다고 나선 탓에 아이나와 함께 거실을 나왔다. 하지만 그런 아이나도 뭔가 준비할 것이 있다고 나가버려 이곳에는 없었다.

"준비라니…… 뭐지?"

두 사람이 자고 갈 예정이었기에 방 하나는 그녀들을 위해 비워두었다.

그쪽에서 뭔가 준비해서 이쪽으로 온다고 했다. 팔짱을 끼고 으음~ 하고 신음하고 있는데, 똑똑 노크와 함께 아이나의 목소리가 들려왔다.

"하야토 군, 들어가도 될까?"

"응. 괜찮아."

아무래도 준비가 끝난 모양이다.

과연 그녀는 무엇을 준비했── 내 생각은 방에 들어온 그녀를 본 순간 멈췄다.

"짜잔! 어때!"

"……."

생각뿐만이 아니다…… 숨 쉬는 것조차 잊었다.

왜냐하면…… 왜냐하면 눈앞에 노출도 높은 산타 코스프레 복장을 몸에 두른 아이나가 있었기 때문이다.

빨간색을 바탕으로 한 디자인은 당연하다 쳐도 단순히 평범한 산타복이 아니었다.

흔히 보는 산타복은 두꺼운 느낌인 경우가 많은데, 그녀가 입고 있는 것은 원피스 타입…… 가슴골을 한껏 드러내고 계절감을 싹 무시한 미니스커트 타입…… 눈이 부시게 예쁜 허벅지와 가터벨트가…… 헉?!

"눈을 못 떼네, 하야토 군?"

"윽……."

"좋아, 좋아. 더 봐줘, 천천히 봐줘……구멍이 날 정도로 봐줘?"

"아, 아이나……."

네발로 기면서 아이나가 나에게 다가왔다.

그 모습은 마치 암표범—— 그녀는 완전히 내 시선을 사로잡고 놔주지 않았다…… 천천히, 천천히 다가오는 그녀에게서 도망치듯 나는 뒤로 물러났다…… 하지만 거기서 아이나가 할짝 입맛을 다시듯이 입을 열었다.

"왜 도망가?"

"아니, 그게……."

나를 바라보는 그녀는 덜렁대던 아까의 그녀가 아니었다.

요염…… 정말로 서큐버스라도 된 것처럼 그녀가 지그시 나를 바라보자, 이상한 기분이 들었다.

"도망치는 하야토 군에게는 이런 짓을 해 버릴 거야."

"어?"

무슨 짓을 하려고—— 그렇게 생각한 순간, 그녀가 와락 달려들었다.

아이나의 힘에 밀려난 나는 그녀의 몸을 지탱하기 위해 손을 올렸다. 하지만 손 위치가 좋지 않았다.

말캉거리는 부드러운 감촉에 오른손이 완전히 감싸였다.

내 오른손이 그녀의 풍만한 가슴을 제대로 움켜쥐고 있었다.

"응…… 에헤헤, 하야토 군이 가슴 만져주는 거 좋아."

"윽……"

"천이 얇으니까 느껴지지? 점점 단단해지는 게——."

……정말 위험하다, 이 이상은 진짜로 위험해!

아이나도 분명 부끄러울 텐데 얼굴의 미소는 사라지지 않았다. 손바닥의 중심으로 전해지는 그것의 감촉도, 모든 게 선명하게 느껴졌다.

달콤한 향기와 분위기에 휩싸이며 점점 아이나의 얼굴이 나에게 다가왔고…… 입술과 입술이 닿으려는 순간 달칵, 문이 열렸다.

"하야토 군, 아이나도 여기 있……."

"……"

"……"

우리들 세 사람은 순식간에 굳고 말았다.

딱히 외도를 들킨 것도 아니니 마음에 걸릴 만한 요소는 전혀 없는데도, 이 뭐라 말할 수 없는 분위기는 도대체 뭘까.

아이나에게 내몰린 채 여러모로 한계에 달했던 내 머리는 급격히 차가워졌고, 어느새 강해진 것인지 창문 너머에서는 세차게 내리는 눈이 보였다.

"아이나, 너 정말!"

"으음~ 이건 역시 너무 위험했나~."

아리사가 부르르 몸을 떨며 주먹을 세게 쥐고 크게 소리쳤다.

"나한테는 하지 말라고 했으면서 왜 네가 그걸 입고 있는 거야!"

"응?"

그러니까…… 아리사가 지금 뭐라고 한 거지?

여전히 나는 아이나의 가슴에 손을 얹은 채였지만, 아이나는 아하하 웃으며 머리를 긁적이고는 나에게서 몸을 떨어뜨렸다.

나는 사라진 감촉을 아쉬워하면서 아리사의 말뜻과 아이나가 쓴웃음을 지은 이유를 생각했다.

"실은 이거 언니가 준비한 거거든. 근데 역시 이것저것 하느라 바쁠 테니까 입을 기회가 없을 것 같아서 하지 말자고 했는데, 다시 생각해 보니까 좀 아깝다는 생각이 들어서."

"……정말!"

"에헷♪"

"은근슬쩍 넘어가지 마, 아이나!"

즉 이 산타복을 준비한 것은 아리사였다는 건가.

아리사는 예전에 메이드복을 입고 보여준 적이 있었는데, 그때처럼 나를 기쁘게 해 주려고 했던 걸까?

말다툼까지 이어지지는 않았지만, 아리사는 보기 드물게 어린아이처럼 입술을 삐죽 내밀고 아이나를 노려았다.

"아, 아리사……."

"……왜?"

이런, 완전히 삐졌네…….

이럴 때는 어떤 말을 하면 좋을지 잘 모르겠다…… 다만 흥분 상태에서 급격히 차가워진 완급 상태로 인해 어딘가 좀 이상해진 것인지── 깨달은 순간 내 입에서는 이런 말이 흘러나오고 있었다.

"아리사가 그걸 입은 모습도…… 보고 싶었는데 아쉽네."

말하고 나서 곧바로 심장이 철렁했지만, 이것이 이 자리에서는 최고의 정답이었던 모양이다.

내 말에 아리사는 꽃이 만개한 듯한 환한 미소를 지어 보였고, 아이나도 그건 그렇지, 하고 웃으며 고개를 끄덕였다. 그리고 뜻밖의 제안을 해 왔다.

"옷 하나 갈아입으려고 방을 나가는 건 춥잖아? 마침 내가 갈아입을 옷도 지금 갖고 있으니까…… 어때, 언니── 여기서 갈아입는 건?"

"어?"

"뭐엇?!"

무심코 납득할 뻔했네! 대체 무슨 말을 하는 거야, 아이나?!

옷을 갈아입는다는 건 두 사람 다 잠시 알몸이나 다름없는 상태가 된다는 뜻이잖아……? 아니지, 아무리 그래도 그건…… 잠깐?!

"그러게. 여긴 마침 따뜻하니까…… 그럼 아이나, 벗을까."

"네~."

"흑??!?!!"

나는 순식간에 눈을 감고 동시에 양손으로 눈을 덮었다.

키득거리며 웃는 두 사람의 목소리와 함께 옷을 벗는 소리가 들려왔고…… 또다시 나는 체온이 오르는 것을 느껴야 했다.

▶▷

전부 봐도 되는데…… 그것이 내 솔직한 마음이었다.

원래라면 내가 먼저 입고 보여주고 싶었는데, 아이나도 정말…… 뭐, 그래도 하야토 군이 보고 싶다고 말해 줬잖아……. 그 사실이 너무 기뻐서 지금 내 기분은 최고조였다.

"아하하, 하야토 군 귀엽네. 딱히 봐도 괜찮은데."

"제발 참아줘! 안 그래도 여러 가지로 위험하다고!"

"으음~? 뭐가 위험한데?"

아이나가 말했듯이 하야토 군이라면 얼마든지 보여도 상관없다……. 오히려 봐줬으면 좋겠어……. 그리고 소유물처럼 명령해 줬으면 좋겠어…….

"언니? 왜 그래?"

"……아니, 아무것도 아니야."

나는 작게 고개를 저으며 아이나가 입고 있던 산타복을 받아서 들었다.

산타복이지만 겨울철과는 어울리지 않는 노출 많은 의상. 이 디자인은 하야토 군이 기뻐해 주길 바라는 욕구를 표현한 것이었다.

아이나와 마찬가지로 내 몸매는 뛰어난 편이었고, 하야토 군이 항상 두근거림을 느껴주고 있다는 사실도 잘 알고 있다. 그것을 알고 이걸 선택한 거니까.

'……그것뿐만이 아니야. 또 한 가지 이유가 있어.'

그 이유는 단순 명쾌하다. 노출이 많은 모습은 널 위해서만 한 것이라고, 그리고 너의 소유라는 걸 확실하게 보여줄 수 있기 때문이다.

"하야토 군~? 이제 옷 다 갈아입었어."

어? 아직 갈아입는 도중인데…… 나도 아이나도 몸 위에 옷 하나 걸치지 않았잖아?

"정말…… 윽?! 아이나!"

"아하하♪"

하야토 군은 눈을 떴지만, 우리 두 사람을 보고 또 금세 눈을 감았다.

정말이지 이 아이는……. 하지만 신기했다. 하야토 군에게 몸을 보여도 조금도 부끄럽지 않았고, 오히려 더 봐줬으면 하는 마음이 들 정도였다.

"……하야토 군, 귀여워♪"

얼굴을 붉힌 채 수줍어하는 하야토 군을 귀엽다고 생각하면서도, 이 이상 곤란하게 하는 것은 그에게 미안했기에 우리는 빠르게 옷을 갈아입었다.

"이제 괜찮아, 하야토 군."

그렇게 말했지만, 하야토 군은 경계하면서 눈을 떴다.

옷을 제대로 입고 있는 우리를 보고 그는 안심했지만, 나를 보더니 눈빛이 변했다.

'아…… 하야토 군이 보고 있어♪ 나를 빤히 보고 있어♪'

확실하게 깃든 정욕을 그 눈동자에 담고 나를 바라보는 그는 정말로 근사했다.

아이나가 부럽다는 얼굴로 나를 바라보았지만, 넌 조금 전까지 이걸 입고 있었고 무엇보다 하야토 군과 포옹하고 있었잖아, 자중해!

"뭐, 여기는 언니한테 양보할까? 난 잠깐 화장실 좀 다녀올게~."

아이나가 방을 나갔고, 잠깐뿐이지만 하야토 군과 단둘이 있게 되었다.

나는 살며시 하야토 군의 옆에 앉아 그의 팔을 껴안듯이 밀착했다. 이렇게 하면 그를 더 가까이에서 느낄 수 있고 그도 날 느낄 수 있어서…… 내가 정말 좋아하는 순간이다.

"아리사."

"왜?"

"너무 귀여워…… 잘 어울려."

"……응, 고마워♪"

부끄러워하면서도 제대로 말로 전해 주는 점도 좋다.

하야토 군을 바라보고 있으면 몸이 뜨거워지는 것도 평소와 같았고…… 아이나도 그렇지만, 나도 하야토 군과 더 많은 것을 하고 싶었다.

'심지어 야한 거라도…… 하야토 군이 상대라면 나는——.'

뭘 하라고 해도, 그야말로 명령을 받더라도 나는 따를 것이다.

아니, 하고 싶다…… 이 몸에 하야토 군 것이라는 증거를 새겨 줬으면 좋겠다…… 그렇기에 나는 하야토 군에게 유린당하기를 바라고 있다.

그에게 모든 걸 지배당하고 싶다……. 그런 바람이 너무 강한 나머지 나는 이런 부탁을 하고 말았다.

"하야토 군…… 부탁이 있는데, 이 리본으로 손목을 묶어 주면 안 될까?"

"……어?"

내 제안에 하야토 군은 놀랐지만, 곧 묶어 주었다.

건네받은 빨간 리본으로 내 두 손을 모으듯이 묶어 준 덕분에 이것으로 나는 자유롭게 움직일 수 없게 되었다. 이어서 나는 이렇게 말했다.

"선물은 나야, 하야토 군…… ♪"

"웃…… 아리사."

내 말에 얼굴을 붉힌 하야토 군을 보자, 알 수 없는 스위치가 켜졌다.

'……좋아, 할 수 있어, 아리사! 아이나는 아까 했잖아!'

마음속으로 자신감을 불어넣은 나는 기세에 내맡기듯 쿵, 하야토 군에게 몸을 부딪쳤다.

그는 방심하고 있었던 것인지 저항다운 저항을 하지 못한 채 쓰러졌고, 나는 그 위를 덮는 듯한 자세로 올라탔다.

"아, 아리사?"

"……아이나하고도 했잖아? 이 정도는 괜찮지?"

무겁진 않을까…… 그런 불안감을 느끼면서도, 하야토 군이 나의 모든 걸 느껴주었으면 하는 마음에 모든 체중을 실었다.

지척에서 하야토 군과 마주 보며, 닿기만 하는 가벼운 키스를 나눴다.

아까 생각했지만 정말로 그와는 더 많은 것을 하고 싶었다. 하지만 나는 한 번의 키스로 만족해 버렸다……. 그것만으로 마음이 차오른 것이다.

"그보다 하야토 군, 우리…… 이쪽에서 자면 안 될까?"

"이 방에 이불을 깔자고?"

나는 고개를 끄덕였다.

제대로 다른 방을 마련해 준 것도 무척 기쁘다……. 하지만 처음 자고 가는 날인 만큼 하야토 군의 방에서 함께 자고 싶었다.

하야토 군은 어떻게 할까, 잠시 고민하는가 싶더니 결국 체념한 얼굴로 알겠다며 허락해 주었다. 나는 너무 기뻐서 하야토 군의 머리를 품에 안았다.

"다녀왔습니다~…… 잠깐, 언니, 너무 대놓고 하는 거 아니야?"

"너랑 똑같은 걸 한 것뿐이야. 아이나, 오늘은 이쪽에서 자자. 하야토 군이 허락해 줬어."

"어? 딱히 안 물어봐도 처음부터 그럴 생각이었는데?"

"……그래?"

……가끔 아이나를 보고 있으면 공부가 된다고 할까, 본받고 싶은 부분이 있었다.

나도 좀 더 아이나처럼 내 멋대로 굴어도 되는 걸까? 물론 하야토 군에게 폐를 끼치지 않는 범위에 한해서겠지만, 더 적극적으로 나가도 괜찮지 않을까……. 더 고집을 부려도 괜찮지 않을까!

"……후암."

그때 하야토 군이 크게 하품했다.

그 모습을 보자 상당히 졸려 보여서 나는 아이나와 마주 보며 고개를 끄덕이고 오늘은 그만 자기로 했다.

밤은 지금부터인데…… 하지만 이건 이거대로 좋을지도 모른다.

오늘은 처음으로 우리가 하야토 군 집에 머무는 날…… 그가 긴장해서 잠을 못 이루는 것보다 이렇게 졸음을 느껴주는 편이 나았다.

"잠들었네?"

"응…… 아이나, 즐거웠지?"

"응. 정말 즐거웠어…… 에헤헤, 계속 이런 경험을 한다면 앞으로도 절대 이런 생활을 손에서 놓지 못할 것 같아."

그 말에 크게 고개를 끄덕였다.

있지, 하야토 군, 이제 곧 겨울 방학이야.

전에 너에게 선언했듯이, 나와 아이나는 네가 절대 지루함을 느끼지 못하게 할 거야…… 우리의 사랑으로 널 감싸고, 지루하지 않은, 열정적인 겨울 방학을 보내게 해 줄게.

그러니까 부디, 즐겁게 보내줘.

"자, 아이나, 우리도 자자."

"알았어~ ♪"

……그렇지만 자기 전에 잠깐 기도할까.

상체를 일으킨 나는 침대에서 잠든 하야토 군의 얼굴을 바라보았다…… 아이나도 함께 그의 잠든 얼굴을 바라보며…… 시간으로는 10분 정도 바라본 후 우리도 겨우 잠이 들었다.

이리하여 나와 아이나가 처음으로 남자아이와 함께 보내는 크리스마스 밤이 깊어져 갔다.

2. 학교의 끝과 과거의 발소리

otokogirai na bijin
shimai wo namae
mo tsugezuni tasuketara
ittaidounaru

2학기 마지막을 끝마치는 방학식 날—— 나는 오랜만에 그 광경을 보았다.

종례까지 마치고 소타와 카이토와 함께 복도를 걸어가는데, 옆 반 입구에서 아이나에게 다가가는 남자 선배의 모습이 보였다.

"저기 신조, 좀 부탁할게."

"관심 없는데요."

그럭저럭 잘생긴 선배가 아이나에게 말을 걸고 있고, 아이나는 몹시 성가시다는 듯한 태도로 받아치고 있었다. 썩 내키지 않는 광경이었다.

아직 고백인지 아닌지 확실한 목적은 모르겠지만, 그 아이나가 아무 의미도 없이 저런 얼굴을 하지는 않을 테니, 그 시점에서 나는 고백이나 놀자는 권유일 것임을 확신했다.

"역시 신조는 인기가 많네."

"미인이니 어쩔 수 없지. 그나저나 명백하게 싫어하는 거 아닌가? 학교에서 너무 끈질기게 구는 것도 할 짓이 아닌 거 같다."

아무래도 두 사람 다 나와 같은 생각을 한 모양이었다.

힐끔 교실 안을 보았지만, 아리사는 마침 없는 것 같았다……. 마음을 먹은 나는 아이나에게 다가갔다.

"오, 도와주려고?"

"좋은 각오로군. 함께 하겠다, 형제여."

이 말투는 또 뭐야……? 그래도 좀 의외다.

소타와 카이토는 나와 그녀들 사이에 접점이 있는 걸 전혀 모른다. 그러니 내가 나서려고 하면 이상하게 생각할 줄 알았는데, 두 사람은 당당하게 내 옆을 지켰다.

설령 두 사람이 없어도 모른 척 지나간다는 선택지는 없었지만, 두 사람이 도와주면 그만큼 저 선배에게는 압박으로 작용할 것이다.

"아이…… 신조!"

아이나라고 부를 뻔하다가, 가까스로 말을 바꿨다.

갑자기 나타난 우리에게 선배는 대놓고 불편한 표정을 지었지만, 아이나는 나를 보고 꽃이 피듯 환한 미소를 지어 보였다. 그리고 아무래도 성을 부른 것을 보고 나의 의도를 짐작해 준 모양이었다.

"세 사람 다 왜 이제 왔어. 그렇게 됐으니까 선배, 선약이 있으니 그만 가주시겠어요?"

"너, 아까는 볼일 없다고……."

"선배와의 일정이 없을 뿐이에요. 저 애들이랑은 볼일이 있는데요?"

"……."

선배는 째릿 우리들을 노려보더니 분한 얼굴로 빠르게 사라졌다.

선배가 돌아가자 아이나가 한숨을 내쉬었다. 다른 반 아이들도 후련하다는 표정이었다.

그런 얼굴을 할 거라면 차라리 나서서 아이나를 도와주면 됐을 텐데……. 이런 생각은 너무 이기적인 걸까? 뭐, 어쨌든 무사히 도울 수 있어서 다행이다.

"후후, 미안해. 즉흥적으로 너희들이랑 볼일이 있다고 둘러대서. 덕분에 잘 넘겼어♪"

"아, 아냐! 신경 쓰지 마!"

"신조를 도와주기 위해서였는걸!"

이 자식들…….

아이나는 두 사람을 보고 키득키득 웃더니 나를 바라보며 이렇게 말했다.

"도모토 군이 가장 먼저 나서준 거지? 고마워♪"

"으음, 뭐, 별거 아니야."

아이나, 너, 이 상황을 즐기고 있는 거지?

일단 오늘 저녁도 그녀들의 집에 방문할 예정이다. 합류는 따로 하겠지만.

"하야토, 슬슬 가자."

"놀 시간이 사라진다고."

"알았어. 그럼 우린 가볼게."

"또 봐. 도와줘서 고마워♪

소타와 카이토가 조금 떨어진 틈을 노려 아이나가 내게 살짝 고개를 내밀었다.

"역시 하야토 군은 멋있어♪"

"……그렇게 말해 줘서 고마워. 관계를 숨기고 있다고는 해도, 아이나에게 다가오는 남자를 가만히 둘 수는 없었어."

"웃……♪ 오늘 집에 오면 계속 붙어 있게 해 줘. 그 대신 나한테도 마음껏 응석 부려도 돼♡"

그런 매력적인 말로 배웅받은 나는 서둘러 두 사람의 뒤를 따라갔다.

신발장에서 합류한 우리는 이제부터 어디로 갈지 이야기를 나누었고, 자연스럽게 아이나에 관한 화제로 옮겨갔다.

"그런데 먼저 나선 내가 말하는 것도 그렇다만, 너희는 왜 따라나선 거야?"

"그거야말로, 네가 나서서 그런 거지. 신조를 돕고 싶었잖아?"

"하야토는 사람이 좋아."

……그렇구나, 두 사람 모두 고마워.

말로 하지 않아도 소타와 카이토는 내 생각을 짐작했던 모양이다.

씨익 웃은 두 사람이 내게 어깨동무했다.

"야, 달라붙지 마!"

"뭐 어때."

"쑥스러워하긴."

쑥스러운 게 아니라 덥고 답답하다고!

떨어진 뒤에도 여전히 히죽거리는 두 사람을 보며 못 말린다고 생각하면서도, 그 후의 시간을 충분히 즐겼고…… 그리고 헤어질 시간이 왔다.

카이토가 화장실에 가고 소타와 단둘만 남았을 때, 그가 이런 말을 꺼냈다.

"어려운 사람을 도우려는 모습을 보니, 하야토가 내게 처음 말을 걸었을 때가 생각나더라."

"뭐야, 갑자기?"

주스를 마시며 소타에게 눈을 돌리자, 그가 위를 바라보며 말을 이었다.

"처음에 반에 적응하지 못하고 있을 때, 네가 먼저 말을 걸어줬잖아. 그때 진짜로 기뻤거든."

그러고 보니 그런 일도 있었지.

입학식 후 한참 지났을 무렵, 반에 적응하지 못하던 소타에게 말을 걸었는데, 그 후부터 우리의 친구 관계가 시작되었다.

"너도 카이토도, 겉돌던 시절 아니냐."

"맞아, 맞아. 오타쿠인 나랑은 달리 그 녀석은 딱 봐도 불량해 보였으니까!"

소타와 마찬가지로 카이토도 반에 적응 못 하는 것 같아, 신경 쓰여서 말을 걸었다.

그때는 설마 두 사람과 이렇게까지 친해질 줄은 몰랐는데, 지금 생각해 보면 그때 참 좋은 선택을 한 것 같다. 이렇게 소중한 친구가 둘이나 생겼으니 말이다.

"······핫."

"······훗."

좀 낯간지럽긴 해도 싫은 느낌은 아니었다.

화장실에서 돌아온 카이토가 무슨 일이냐며 묻기에 자세히 알려주자, 그가 가슴을 꾹 누르며 몸을 숙였다.

"그만해······! 고고한 늑대처럼 살던 시절의 난 이미 죽었다고!"

"아아~, 그랬지. '나한테 가까이 오지 마, 다쳐,' 였던가?"

"그만해애애애애애애!"

흑역사를 들추자, 카이토는 주위의 시선도 개의치 않고 크게 소리쳤다.

사이가 가까운 탓일까, 나와 소타는 미안해하면서도 오히려 이걸 소재 삼아서 조금 더 놀려도 좋지 않을까 생각했지만······ 뭐, 하진 않았다.

"그런데, 아까 일도 그렇다만."

"응?"

"하야토, 너 신조······ 그러니까 여동생 쪽이랑 아는 사이냐?"

"······갑자기 왜?"

왜 갑자기 그런 말을 물어보는 건가 싶어서 소타에게 시선을 돌리자, 그가 팔짱을 끼며 신음하더니 말을 이었다.

"아니, 그렇잖아? 그 신조가 남자랑 아무렇지 않게 대화한다고? 다른 반이라서 자세히는 모르지만, 그런 이미지는 아니었던 걸로 아는데. 아무 접점도 없었던 것 치고는 뭔가 가까워 보여서."

"……."

확실히 그렇게 생각할 수도 있겠군. 다행히도 아직은 안면이 있는 정도라고 생각하는 모양이지만.

소타 녀석, 의외로 관찰력이 좋다고나 할까, 주변을 잘 보고 있구나.

"뭐, 그렇게 생각했다는 것뿐이니까 신경 쓰지 마. 하야토도 나나 카이토와 같은 비인기 동맹 일원인데, 그런 일이 있을 리가 없지!"

"난 그런 동맹에 가입한 기억 없는데."

"나도 없어!"

뭐냐고, 비인기 동맹이라니. 들어본 적도 없다.

괜찮지 않냐며 낄낄 웃는 소타의 모습에 나뿐만 아니라 카이토도 어이없다는 듯이 고개를 돌렸다. 그 순간.

"어? 혹시 도모토?"

등 뒤에서 그리운 목소리가 이름을 불러왔다.

"……?!"

놀라며 뒤를 돌아보자, 그곳에는 몇 명의 여자가 서 있었고……그중에서도 선두에 선 여자애는 나의 기억에 뚜렷이 남아 있는 존재── 그렇다, 이전에도 본 전여친이었다.

"……사에키."

사에키 아이카. 설마 이렇게 직접 마주하게 될 것이라고는 생각하지 못했기에, 이미 남아 있는 마음이 없었음에도 조금 동요

했다.

"아는 사이야?"

"아, 저번에 봤던 다른 학교의…….."

그녀가 내 이름을 부른 것 때문에 소타와 카이토도 그녀의 존재를 궁금해했다. 자, 어떻게 설명하면 좋을까, 이런 경우엔.

전여친이었다고 말하면 소타에게 어떤 식으로든 놀림을 받을 텐데……. 그런 생각을 하고 있는데, 피식 웃은 사에키가 이렇게 말했다.

"실은 우리 중학교 때 사귀었어. 그렇지?"

"뭐……?"

"뭐라고오?!"

친구 두 사람의 시선이 날카롭게 나를 꿰뚫어 보았다.

그 말에 별다른 반론을 하지 않는 나를 보고 소타와 카이토가 꽈악 어깨를 붙잡았다. 아이나를 앞에 뒀을 때는 긴장했던 주제에, 여친이 있었다는 걸 알자마자 이렇게 나오기냐, 이 자식들!

"뭐, 그랬었지. 며칠도 못 갔지만."

"그렇다 해도 여친이 있었다는 건 사실이잖아!"

"배신자! 이, 이 나쁜 놈!"

어깨를 잡고 있던 팔을 푸는가 싶더니 퍽퍽 등을 때려오는 두 사람.

이제 적당히 좀 하라고 소리치려는 찰나, 사에키가 마치 옛날을 회상하듯 이렇게 말했다.

"도모토의 말대로 전혀 이어지질 못했지. 아마 우리는 그렇게 잘 맞지 않았던 걸지도 몰라. 그렇게까지 즐겁진 않았었지?"

사에키의 말은 부드럽게 내 고막을 울렸다.

이 질문에는 어떻게 대답해야 좋을까. 즐겁지 않았다는 말을 직접 들은 것은 조금 충격이었지만, 확실히 그녀의 말대로 나 역시 생각하던 것과는 조금 다르다고 느꼈었다.

서로가 이런 생각이었다면 오래가지 못하는 게 당연하다. 오히려, 뒤탈 없이 바로 헤어져서 그나마 다행이었을지도 모른다.

"하야토……."

"……으음."

한참 나에게 장난을 걸어대기 바쁘던 소타와 카이토도 미묘한 공기를 느꼈는지, 어쩔 줄 몰라 했다.

그야 그렇겠지. 사에키의 뒤에 있는 친구들도 어색해하고 있고…….

이럴 땐 대체 어떻게 해야 하나 고민하는 사이, 사에키가 먼저 말을 이었다.

"그래도 정말 오랜만이네. 그렇게 오래 사귄 건 아니지만, 전남친과 다시 만나는 건 이상한 기분이야."

"아하하…… 확실히 그건 그러네. 나도 좀 기분이 이상해."

만약 지금…… 내게 여자친구가 있다는 것을 안다면 사에키는 어떤 얼굴을 할까?

어떤 사람이냐고 물어볼까, 아니면 별다른 관심을 보이지 않을까……. 뭐, 아무래도 상관없으려나.

생각지도 못한 만남이었지만, 이것은 어디까지나 우연이 부른 만남일 뿐이다.

나도 사에키도 더 이상은 할 말이 없었기에 누가 먼저랄 것 없이 작별을 고했다.

"그럼 가볼게."

"응. 잘 지내."

"응."

가볍게 손을 흔들어 준 사에키는 친구들과 멀어졌다.

그 등이 보이지 않을 때까지 바라보고 있는데, 다시 한번 소타와 카이토가 어깨동무했다.

"뭐야. 또 놀리려고?"

그렇게 묻자 두 사람은 머리를 흔들며 이렇게 말했다.

"아니. 그 뭐냐, 역시 만남이 있으면 이별도 있구나, 하는 생각이 들어서."

"그렇지……. 이별을 경험했구나, 하야토는."

"야, 그런 표정 짓지 마."

진심으로 걱정해 주는 그 마음은 이해하지만, 전여친 일로 그렇게 동정하는 듯한 눈빛 보내지 마!

만약 나와 사에키 사이에서 달달한 이야기가 전개되었더라면 이런 반응이 아니었겠지만. 사실 그렇게 나쁜 만남은 아니었다.

'일단 욕하거나 나쁜 기억이 된 건 아니라서 다행이다. 서로가

즐겁지 않았다는 말은 조금 충격이었지만.'

이것만은 어쩔 수 없다는 생각에 나는 두 사람에게서 강제로 벗어났다.

"자, 그럼 돌아가자!"

"오!"

"좋아!"

그렇지만 두 사람은 여자친구가 있었다가 헤어진 경험이 슬픈 일이라고 생각하는 것인지, 헤어지는 순간까지 계속 나를 걱정했다.

확실히 슬프거나 쓸쓸한 감정은 있었지만, 지금은 신경 쓰지 않는다는 것도 사실이고, 애초에 지금의 나에게는 이미 사랑하는 존재가 있다. 그러니까 나는 정말 괜찮았다.

"이런 일이 있으면 여친을 만드는 것도 무서워지지."

"뭐, 마음이 안 맞으면 어쩔 수 없는 일이겠지만…… 첫 여친이라면 며칠 동안은 우울할 것 같아."

놀랍다, 그렇게나 여자친구를 갖고 싶다며 노래를 부르던 두 사람이 연애를 무서워하고 있다.

처음 생긴 여자친구와 평생을 함께 하는 일 자체가 드물고, 있다고 해도 정말 낮을 확률일 것이다.

만남이 있으면 이별도 있다…… 이 말에 거짓은 없다.

어쩐지 나보다도 두 사람의 기분이 더 가라앉아 버렸지만, 헤어질 무렵에는 여느 때와 다름없는 그들의 모습으로 돌아와 있었다.

"그러면 다음에 보자!"

"겨울 방학 때도 같이 놀자! 연락하면 시간 낼게!"

"그래~."

두 사람에게 손을 흔들어 주고 헤어진 나는 그대로 신조네로 향했다.

곁에 아무도 없는 탓일까, 필연적으로 아까의 대화를 무심코 다시 떠올리고 있었다.

"······정말 오랜만이었지. 난 얼마 전에 스치듯이 보긴 했지만."

그때도 생각했지만, 서로가 이제 중학생에서 고등학생이 되었구나, 하는 마음에 조금 감회가 깊어졌다.

뭐, 몇 년이나 지난 것도 아니었으니 겉모습에 그렇게까지 큰 변화는 없었지만, 그래도 조금씩, 미세하게나마 나도 그렇지만 그녀도 어른에 가까워졌다. 오랜만에 대화를 나눈 그녀는 귀여웠다.

"······사귄 계기는 정말 우연이었지."

친구랑 대화를 나눌 때, 누가 귀여운 것 같아? 라는 화제가 나왔다.

거기서 나는 특별히 사귀고 싶다거나 하는 감정이 있었던 것은 아니었지만, 개인적으로 귀엽다고 생각했던 여자애로 사에키의 이름을 입에 올렸다.

그것이 어째서인지 돌고 돌아 사에키의 귀에 닿았고, 그것이 계기가 되어 자주 이야기를 나누게 되면서······ 자연스럽게 사귀는 흐름이 되었다.

『도모토! 같이 가자!』

……막 사귀었을 때는 정말로 들떠 있었다.

들어보니 사에키도 내가 처음 사귄 남자친구여서 그런 부분에서도 서로 이야기꽃을 피우긴 했지만…… 하지만 그럼에도 서로가 무언가 다르다는 것을 느끼게 되었다.

애초에 사귀기 시작한 것도 갑작스러웠고, 연애에 너무 환상을 가진 결과 현실과 다르다는 것을 깨달은 것일지도 모른다.

"……"

몇 번이고 말하지만, 내게 아무런 미련은 남아 있지 않았다.

하지만 사에키와의 재회로 인해 조금 감상에 젖은 것은 사실이다. 어쩐지 이 마음을 아리사와 아이나에게 위로받고 싶었다.

"……즐겁지 않았다, 라……."

아니, 조금 미련이 남았을지도 모르겠다.

아리사와 아이나는 나와의 만남을 그런 식으로 생각하지는 않을까, 재미없다고 생각하지는 않을까……. 그리고 곧바로 그녀들의 마음을 부정하는 생각을 했다는 것에 나는 스스로를 질책했다.

"무슨 생각을 하는 거냐, 도모토 하야토……! 그런 생각을 하고 있을 틈이 있으면 앞으로의 일을 생각하라고!"

그렇게 말하고 나는 달리기 시작했다.

찬 바람이 불고, 눈발이 조금 흩날리는 길을 달려갔다── 거친 숨이 헉헉 차올랐지만 걸음을 멈추지 않았고, 얼마 지나지 않아 나는 신조네에 도착했다.

초인종을 울리자마자 안에서 발소리가 들려오며 현관이 열렸고, 곧 아이나가 얼굴을 내밀었다.

"어서 와, 하야토 군♪"

"다녀왔어, 아이나…… 어?"

아이나에게서 시선을 뗀 나는 아리사의 신발이 없다는 것을 알아차렸다.

사키나 씨의 신발이 없는 것은 일이 있다고 쳐도…… 무슨 일인가 생각하고 있는데 아이나가 곧바로 알아차리더니 알려주었다.

"오늘은 엄마가 일찍 왔거든. 그래서 언니랑 같이 장 보러 갔어."

"그랬구나."

"그러니까 그때까지는 나랑 단둘이야♪"

"그래…… 그러면 잠깐 둘만의 시간을 즐기고 있을까?"

그렇게 말하자 아이나는 크게 고개를 끄덕이며 내 손을 움켜쥐었다.

그대로 그녀에게 끌려가듯이 거실로 향한다. 아리사도 사키나 씨도 사라진 거실은 평소보다 더 넓게 느껴졌다.

주스를 준비한다며 냉장고로 향하는 아이나의 등을 바라보고 있자니, 문득 아까의 일이 떠올랐다……. 그리고 동시에, 달려올 정도로 그녀들이 보고 싶었다는 사실도 떠올랐다.

"아이나."

"어?"

등 뒤에서 그녀에게 다가가 배에 팔을 두르고 꼭 끌어안았다.

겨울이라고는 해도 뛰면 땀도 나니까…… 냄새가 나진 않을까, 불쾌하게 느껴진 않을까 걱정하면서도 아이나에게서 떨어질 수가 없었다.

"무슨 일 있었어?"

"……있었다고 하면 있었나. 다만 그렇게까지 마음에 남는 일은 아니었어."

"그렇구나. 있지, 하야토 군. 시원한 걸 마시면서 우선 목 좀 축이자."

"그렇지…… 고마워."

그녀의 말에 이끌리듯 몸을 뗀 나는 주스가 담긴 컵을 받았다.

뜨거워진 몸에 기분 좋게 스며들면서 목을 축여줘서 기분이 한결 후련해졌다.

"푸핫!"

"잘 마시네♪"

원샷한 뒤 컵을 놓자, 아이나가 팔을 벌리며 나를 향해 왔다.

"자, 하야토 군. 나한테 잔뜩 어리광 부려도 돼!"

아이나가 건넨 그 말에 나는 고개를 끄덕이는 것보다도 먼저 그녀에게로 향했다.

기다렸다는 듯이 펼쳐진 팔, 아이나의 가슴에 뛰어들자 계속 잠겨 있고 싶다는 생각마저 들게 하는 감촉이 나를 감싸 안았다.

"이런 시간이 계속 이어지는 걸까? 이번 겨울 방학은."

"맞아. 나랑 언니뿐만 아니라 엄마도 있으니까…… 후후, 예고 했던 것처럼 절대 지루하지 않게 만들어 줄게. 하야토 군을 외롭게 하지 않을 거야."

"으…… 그런 식으로 말해 주지 않아도 괜찮다니까."

"말할 건데~♪ 아, 근데 우리도 한 가지만 부탁해도 될까?"

"뭐든 다 들어줄게!"

"뭐든 다?!"

"……아이나도 그 개그 알고 있구나."

인터넷에서 잠시 유행하던 대화였는데, 아이나도 알고 있었다.

뭐, 그건 그렇다 쳐도, 이런 말까지 들었는데, 센스 있는 말 한 마디는 해 주는 게 남자친구의 도리겠지.

그래서 나는 아이나의 머리를 쓰다듬으며 이런 말을 이었다.

"나도 같은 마음이야. 아이나가 외롭다고 하면 바로 달려갈게. 그러니까 언제든지 불러줘."

"아…… 응♪ 너무 좋아, 하야토 군♪"

이것은 물론 아리사에게도 전해 줄 생각이었다.

하지만…… 아리사와 아이나가 이런 식으로 나를 좋아해 주는 것과 마찬가지로 나도 그녀들을 좋아하는 것은 당연한 일이다.

두 사람에게 이런 마음을 품으면서 나는 또 한 사람에 대해서도 생각했는데── 바로 사키나 씨다.

"사키나 씨에게도 뭔가 해드리고 싶은데. 그 분께도 정말 많은 도움을 받았고, 무엇보다 너희의 어머니시잖아. 이제는 나한테도 소중한 존재니까.”

그럴 마음만 있다면 언제든지 엄마라고 불러줬으면 좋겠다, 그런 말을 해 주셨을 정도로 사키나 씨도 나를 마음 써주고 계신다. 그렇다 보니 딱히 의무감이 없어도 그녀에게 뭔가 해 주고 싶다는 마음이 드는 것은 당연한 일이었다.

그런 식으로 사키나 씨를 생각하고 있을 때—— 아이나가 멍한 얼굴로 나를 바라보고 있었다.

“왜 그래?”

“……심쿵했어. 방금 그 진지한 표정 너무 좋아.”

“으음…….”

그렇게 진지한 표정을 짓고 있었나?

이쪽을 빤히 바라봐 오는 아이나, 의식하고 하는 행동인지 아닌지는 모르겠지만, 내 허벅지 근처에 손을 얹고 쓰다듬는다. 표정과 어우러져 아주 조금 요염한 분위기가 느껴지는 것 같기도 했다.

‘그러고 보니 이쪽 집에는 발지압판이 없구나.’

아니, 뭘 당연한 생각을 하는 거야! 하고 나는 마음속으로 화려하게 태클을 걸었다.

힐끔 시계를 보자 5시 반이 되어가고 있다. 아직 아리사와 사키나 씨는 돌아오지 않았고, 나와 아이나를 감싸는 공기는 살짝 위험해지고 있었다.

“긴장돼?”

"······넵."

"아하하, 귀엽네, 하야토 군♪"

아이나가 더욱 미소를 짙게 지으며 그대로 나에게 얼굴을 갖다 댔다.

쪽, 닿기만 하는 키스를 하더니, 내 가슴에 얼굴을 기댄 채 꼼짝도 하지 않고 작은 소리로 속삭였다.

"하야토 군은 그저 받기만 하는 게 아니라 본인도 무언가를 돌려주고 싶다고 생각하는구나."

"그건 그렇지."

예전에도 이런 이야기를 나눈 적이 있었다. 그리운 마음이 들었지만, 이 마음에는 변화가 없다.

고개를 든 아이나는 조금 전까지의 요염한 분위기를 억누른 채, 진지하면서도 한없이 온화한 눈빛으로 입을 열었다.

"그런 하야토 군이라서 우리는 점점 더 좋아지는 거야. 앞으로도 계속, 언제까지나 좋아할 거니까 각오해? 나도 언니도······ 그리고 우리 엄마도 계속 하야토 군에게 전해 줄 테니까. 하야토 군과 만날 수 있어서 다행이라고."

"아이나····· 응, 고마워. 나도 같은 마음이야."

뭐랄까, 정말 조금도 신경 쓸 필요가 없었구나.

여전히 사에키가 한 말은 머릿속에 남아 있었지만, 역시 본인에게 우선시해야 할 존재가 있다면 그것에만 집중하면 될 일이었다.

"그건 그렇고 아리사랑 사키나 씨가 늦네."

"그러게…… 별일 없었으면 좋겠는데——."

불안한 얼굴로 아이나가 그렇게 중얼거렸을 때, 나는 반사적으로 아이나에게서 몸을 떨어뜨렸다.

그것은 그녀와 붙어 있는 것이 싫어져서 그런 것이 아니라, 단순히 불안해져서 가만히 있을 수 없었기 때문이었다.

"……아니, 내 생각이 너무 과한 거겠지?"

"아하하, 그럴 거야, 라고 말하고 싶긴 한데…… 우리가 만난 방식이 좀 그랬으니까. 한번 불안해지기 시작하니까 안 되겠네."

강도에게 습격당하는 일…… 강간도 마찬가지지만 그런 비극이 그녀들에게 그렇게 몇 번이고 찾아올까.

하지만 그런 일이 있었기 때문에 더더욱 불안감은 커졌고, 나도 아이나도 귀가가 늦어지는 아리사와 사키나 씨를 걱정했다.

"자아, 이제 슬슬 걱정되는데…… 어쩌죠, 아가씨?"

"음, 어떻게 할까, 기사님."

기사님이라고는 부르지 말아줘. 나한테 제일 안 어울리는 칭호잖아.

어쨌든 가만히 앉아 있을 수 없었던 나와 아이나는 우선 연락을 취하기로 했다. 그런데 그때 마침 쇼핑백을 든 아리사와 사키나 씨가 돌아왔다.

"앗."

"정말! 왜 이렇게 늦었어, 둘 다!"

아이나가 조금 큰 목소리로 소리치자, 아리사가 쓴웃음을 지으며 사과했다.

"미안해. 연말연시라 어딜 가나 사람이 많고 이것저것 많이 사오는 바람에 늦어졌어."

아아, 그렇다면 늦어진 것도 이해가 갔다.

나 역시 여러모로 사둬야 하는 시기였지만, 혼자 지내고 있으니 서둘러 살 필요는 없…… 겠지? 정 급하면 내일이라도 나가서 다 사버리면 그만이다.

일단 나와 아이나가 품은 불안은 기우로 끝나서 작게 한숨을 내쉬었다.

"걱정해 줬구나. 우리 여동생은 귀엽다니까."

"당연하잖아. 언니는 가끔 맹한 구석이 있으니까."

"마지막 말은 쓸데없어."

수다를 떨며 거실로 향한 두 사람을 바라보고 있는데, 곁에 있던 사키나 씨가 입가에 손을 얹고 미소를 지으며 중얼거렸다.

"사실 조금 늦었다는 걸 깨달았을 때 아리사가 그랬어요. 전에 그런 일이 있었으니 어쩌면 걱정을 끼칠지도 모르겠다고요."

"그랬군요. 실제로 그 말대로 됐지만요."

"네. 아이나뿐만 아니라 하야토 군에게도 걱정을 끼쳤네요."

걱정하는 게 당연하죠, 아마도 그런 얼굴을 하고 있었겠지.

사키나 씨는 친엄마처럼 자애로운 표정으로 내 머리를 쓰다듬어 주었다.

"괜찮아요. 딱히 그 일을 가볍게 입에 담을 생각은 없지만, 딸들은 제가 잘 지킬게요. 엄마로서."

그렇게 말한 사키나 씨는 무척 멋있는 어른 여성으로 보였지만, 나는 자연스럽게 그런 사키나 씨의 말을 덧씌우듯 이렇게 말했다.

"그렇게 말씀하시는 사키나 씨는 굉장히 멋있어요. 하지만 사키나 씨에게 무슨 일이 생기면 모두가 슬퍼할 거예요. 저도 마찬가지예요. 사키나 씨, 당신께 무슨 일이 생기는 건 절대로 싫어요."

"……하야토 군."

나에게 아리사와 아이나가 소중한 존재인 것처럼, 그녀들의 엄마인 사키나 씨도 소중하다.

"실은 아까 아이나와 사키나 씨에 대해 이야기했어요. 사키나 씨도 저에게 있어서는 이미 소중한 존재니까── 지키고 싶은 존재라는 건 똑같아요."

"……!"

눈을 똑바로 바라보며 그렇게 말하자, 사키나 씨는 수줍은 얼굴로 고개를 숙였다.

이 사람은 나보다 훨씬 나이가 많지만, 어린 외모에 더해 이런 반응까지 어우러지니 정말로 사랑스러워 보였다.

'사키나 씨의 돌아가신 남편분은…… 분명 이분을 진심으로 사랑하시지 않았을까. 지금 내가 아리사와 아이나를 귀엽다고 생각하는 것처럼.'

게다가…… 이렇게 말하면 기분 나쁘게 생각하실지도 모르지만, 지내는 방식의 차이 하나로 사키나 씨에게 끌렸던 미래도 있지…… 않았을까?

　"하야토 군은…… 멋있네요."

　"그냥 그렇게 생각한 것뿐이에요. 오히려 사키나 씨 입장에서는 꼬맹이인 제가 그렇게 말한다 해도 아무런 의지가 되지 않을지도 모르지만——."

　"아니에요!"

　사키나 씨가 바로 고개를 들었다.

　강하게 손을 꼭 잡고서 가까이서 바라보는 탓에 한 걸음, 두 걸음 물러났다…… 하지만, 뒤로 물러설수록 사키나 씨는 더욱 거리를 좁혀왔다.

　"사, 사키나 씨?"

　저도 모르게 사키나 씨의 어깨에 손을 얹고 말았다.

　사키나 씨는 거기서 겨우 걸음을 멈추는가 싶더니, 에잇 하고 귀여운 소리를 내며 나를 끌어안았다.

　잠시 뺨을 내 가슴에 대고 있던 사키나 씨는, 고개를 들어 모성애가 느껴지는 밝고 온화한 미소를 지어 보였다.

　"의지가 되지 않는다니, 전혀 그렇지 않아요. 아리사와 아이나가 당신을 깊이 신뢰하고 있는 건 물론이고, 함께 지내는 동안 저 역시 하야토 군을 크게 의지하게 되었는걸요."

　사키나 씨가 콕콕 내 뺨을 찌르더니 내 머리를 감싸주듯이 그

풍만한 가슴으로 끌어당겼다.

포근한 감촉에 얼굴 전체가 감싸인 순간, 나에게 찾아온 감정은 부끄러움이 아닌 안심감이었다. 마음이 놓이는 이 감각이 참을 수 없이 기분 좋았다.

"이게 아기의 마음인 건가……."

"아기……? 후후, 하야토 군은 아기가 되고 싶은가요?"

사키나 씨 같은 사람이 농담이라도 그런 제안을 해 버리면…… 그러니까, 상당히 위험한 느낌이 되어 버리는데요.

그로부터 얼마 후 사키나 씨는 나를 풀어 주셨다.

조금 전까지의 부끄러운 모습은 자취를 감추고 완전히 엄마의 얼굴이 된 사키나 씨를 보고 있으니 알 수 없는 기시감이 들었다.

"……아."

그 기시감은 무엇인가. 그것은 사키나 씨가 두 사람과 닮았다는 점이었다.

아리사와 아이나를 닮았다. 그들의 엄마이기 때문에 당연한 일이지만, 내가 느낀 것은 겉모습이 아니라 그 성품이었다.

'야무진 부분은 아리사, 달콤하게 응석을 받아주는 부분은 아이나에게 이어진 느낌이야.'

아리사와 아이나의 하이브리드 같은 느낌일까?

거기에 사키나 씨의 포용력과 어른의 여유가 더해지면…… 이 사람은 최강일지도 모르겠다.

"잠깐, 두 사람 다 언제까지 거기 있을 거예요?"

"맞아~! 엄마는 왜 하야토 군을 유혹하는 거야!"

두 사람의 부름에 나와 사키나 씨는 서로 얼굴을 마주 보며 쓴 웃음을 지었다.

그녀들에게 향하려던 그때, 사키나 씨가 내 어깨를 톡톡 두드렸다.

"왜 그러세요?"

"이제 겨울 방학이네요. 저도 딸들도 언제든지 하야토 군을 기다리고 있을 테니 이곳으로 오고 싶어지면 아무 때나 와주세요. 뭐, 딸들이 그쪽으로 가는 일도 늘어나겠지만요."

그것은 무척이나 감사한 제안이었다.

아무래도 이쪽에 올 때는 미리 연락하는데, 이 말은 갑자기 보고 싶어지면 연락 없이 언제든 와도 된다는 뜻인가?

"감사합니다, 정말로."

"후훗, 별말씀을 ♪"

정말 사랑스럽게 웃는 사람이다. 사키나 씨를 보고 나는 그런 생각이 들었다.

"엄마랑 무슨 얘기를 했어?"

목욕도 저녁도 마친 후, 나는 하야토 군에게 그렇게 물었다.

딱히 비밀스러운 대화를 한 것은 아닌지, 하야토 군은 특별히 말을 돌리거나 숨기지 않고 알려주었다.

"아까 아이나랑 대화했던 걸 알려드렸어. 아리사랑 사키나 씨를 걱정했다는 거, 그리고 그 정도로 사키나 씨를 소중하게 생각하고 있다는 거. 그리고 사키나 씨가 나를 의지하고 있다고 말해주셨고⋯⋯ 또 뭐, 좋은 건지 나쁜 건지 모르겠지만, 이쪽 집에 오고 싶으면 언제든지 와도 된다고."

"당연히 좋은 거지."

"즉답이네⋯⋯."

당연하지! 연락을 주면 언제든 허락할 거고, 우리가 보고 싶어서 갑자기 온다고 해도 완전 환영이야!

뭐, 집에 없을 때라면 어쩔 수 없겠지만, 우리 둘 다 집을 비우는 경우는 많이 없으니까⋯⋯ 엄마도 올해 일을 얼추 마무리한 것 같고, 하야토 군이 우리 집에 와서 우리가 불편할 일은 전혀 없다.

"그러니까 언제든지 와. 반대로 불러줘도 좋고?"

"응. 고마워, 아이나."

⋯⋯두근.

나는 가슴을 울리는 두근거림에 기분 좋은 편안함을 느끼면서 하야토 군의 팔을 감싸 안듯 몸을 기댔다.

"이러고 있어도 돼?"

"물론이지. 근데 생각해 보니까⋯⋯ 아이나도 아리사도 이러고 있는 걸 엄청 좋아하네."

"맞아……. 이것만큼은 남친이 생기지 않고서는 모르는 일이지만, 이런 식으로 끌어안는 건 좋아해. 언니도 분명 똑같을…… 아니, 분명 좋아하니까 하는 거겠지."

끌어안는 것은 정말 좋다.

물론 마음을 허락한 상대에 한정되겠지만, 이러고 있는 것만으로도 마음이 따뜻해지고 행복한 기분이 든다.

"하야토 군도 기쁘고 좋지 않아? 봐봐, 이렇게 가슴이 꾹 닿잖아."

"윽…… 뭐, 응."

"에헤헤♪"

언니보다 약간 큰 가슴을 밀어붙이자, 하야토 군은 알기 쉽게 얼굴을 붉히며 시선을 돌린다.

새삼스럽게 그렇게 눈을 돌리지 않아도 되는데.

우리는 이미 사귀는 사이니까 이 이상의 일도 얼마든지 해도 될 텐데…… 아아~ 하야토 군과 하고 싶어……. 하야토 군의 아이를 갖고 싶어.

다리를 움찔움찔 움직이면서 집요하게 하야토 군을 계속 쳐다보자, 하야토 군은 목이 마르다며 일어나 방을 나갔다.

"……후후, 귀엽다니까, 정말로."

과연 정말로 목이 마른 것일까, 아니면 부끄러웠던 것일까……. 어쨌든 하야토 군은 멋있고 귀엽고, 나는 이미 그에게 푹 빠졌다.

"……이렇게 말하면 좀 버릇없게 생각할지 모르지만, 언니랑 엄마를 걱정하는 하야토 군은 멋있었어."

　저녁에 무심코 걱정이 된 내가 두 사람 괜찮을까, 하고 말했을 때.

　내가 말하고 걱정한 거라면 그냥 넘겼겠지만, 하야토 군은 금세 눈빛을 바꾸며 나 이상으로 언니와 엄마를 걱정했다. 그 모습에 나는 또다시 반해, 그 상냥함을 유감없이 내보이는 하야토 군의 모습에 심장이 두근거렸다.

　"어쩌지……. 요즘은 계속 하야토 군 생각만 하네. 그때마다 몸이 뜨거워져서, 너무너무 하야토 군을 갖고 싶어져."

　각각의 손이 가슴과 허리 쪽으로 나갈 뻔하다가, 뒤늦게 화들짝 놀라 정신을 차리고 세차게 고개를 저었다.

　하야토 군은 아직인가? 언니도 아직 멀었나? 그런 생각을 하면서 기분을 가라앉힌 나는 한 가지 궁금한 게 생각났다.

　"하야토 군의 그 모습…… 내가 잘못 봤을까?"

　우리 집에 왔을 때의 하야토 군은 어딘가 울적한 표정을 짓고 있는 것처럼 보였다.

　하지만 그것도 한순간이었고, 그 후에도 계속 함께 있었지만, 하야토 군이 그런 표정을 보이는 일은 한 번도 없었다. 그래도 역시 신경은 쓰였다.

　"……어느 쪽이든 내가 할 일은 변하지 않겠지. 선언한 대로 하야토 군과 함께 이번 겨울 방학을 즐겁게 보내면 돼."

　그게 나의…… 우리의 소원이니까.

진지하게 그런 생각을 하면서도, 동시에 지금부터 하야토 군과 지난번과 마찬가지로 함께 밤을 보낼 수 있다고 생각하니 머릿속이 점차 분홍빛 상상으로 물들었다.

"……아무리 생각해도 너무 오래 걸려. 나를 제쳐놓고 사이좋게 거실에서 대화를 나누고 있는 게 분명해!"

그런 예상이 든 이상 나도 나가야지!

난방되는 방을 벗어나자 한기가 느껴졌지만, 집안이라서 참을 수 없을 정도는 아니었다.

그리고 거실로 가는 길에 나는 별 이유 없이 욕실 쪽으로 눈을 돌렸다.

이제 다들 들어갔으니 쓰는 사람은 없을 텐데……? 아, 엄마가 빨래하고 있나?

"……."

천천히 발소리를 내지 않고 다가가자, 불이 켜져 있었다.

거실이 가까워지며 내 예상대로 하야토 군과 언니의 대화 소리가 들려왔지만, 나는 그쪽을 신경 쓰지 않고 욕실 쪽으로 향했다.

"……엄마?"

"햐아아악??!!"

탈의실에 있던 것은 엄마였다.

말을 걸자, 지금까지 들어본 적 없을 정도로 화들짝 놀라며 소리쳤다. 나와 언니보다 더 큰 가슴을 출렁 흔들며 뒤돌아본 엄마는, 얼굴을 붉힌 채 빨래를 손에 든 모습으로 굳어 있었다.

"왜 그렇게 놀라?"

"아, 아무것도 아니야! 갑자기 말을 거니까 놀란 것뿐이란다!"

"그렇구나……. 흐음~?"

엄마가 이렇게나 당황하는 모습은 굉장히 보기 드문 장면이었다.

엄마가 손에 든 것은 나와 언니, 그리고 하야토 군의 세탁물…… 딱히 이상한 것은 아무것도 없다.

아, 혹시…… 아하~ 그런 건가?

"엄마, 혹시 하야토 군의 속옷을 만지는 게 부끄러워서 그래?"

속옷이라는 말을 입에 담자, 엄마의 얼굴이 터질 듯이 새빨개졌다.

우리의 옷이나 속옷 사이에 하야토 군의 옷도 섞여 있었고……아, 하지만 우리도 그걸 보면 얼굴이 빨개지니까 딱히 이상한 일은 아니려나?

나랑 언니와는 달리 엄마는 딱히 남자를 기피하는 것도 아니고…… 어쩌면 이런 일도 있었지, 하고 아빠가 살아계셨던 시절을 떠올렸을지도 모른다.

"엄마."

"아이나?"

나는 엄마의 등 뒤로 돌아가 그녀를 껴안았다.

"나랑 언니…… 그리고 하야토 군도 있잖아. 그러니까 괜찮아."

"어머…… 혹시 내가 감상에 젖었다고 생각한 거니? 그 착각도 물론 그거대로 고맙긴 하지만······."

"착각?"

"아니, 아무것도 아니야. 고맙구나, 아이나."

"응!"

하야토 군도 정말 좋아, 언니도 정말 좋아, 엄마도 난 정말 좋아!

여전히 엄마의 얼굴은 새빨갛지만, 내가 아주 좋아하는 상냥한 표정으로 날 바라봐주고 있다. 이렇게 상냥한 엄마가 되고 싶다. 만약 나중에 하야토 군의 아이를 낳는다면 이런 엄마가 되고 싶어!

"난 장래에 엄마 같은 사람이 되고 싶어."

"후훗, 갑자기 무슨 말이니?"

"이렇게 상냥한 사람이 내 엄마인 거잖아? 그러니까 만약 내가 아이를 낳는다면 나도 똑같이 대해 주고 싶어!"

"아이····· 하야토 군과의 아이를 말하는 걸까?"

"응, 응! 빨리 낳고 싶어♪"

그렇게 말하자 엄마는 쓴웃음을 지었다.

"그건 정말 멋진 일이지만 힘든 일이기도 하단다. 그것만은 확실하게 가슴에 새겨두렴."

"알아. 괜찮아."

적어도 폭주할 생각은 없어····· 진짜로!

만일 하야토 군과 그런 일을 할 기회가 찾아온다 해도, 제대로 지켜야 할 선은 지킬 생각이다. 그것만은 나도 언니도 굳게 맹세했고, 무엇보다 하야토 군의 의사를 무시하는 짓은 절대로 하지 않을 것이다.

'뭐, 뭐어…… 부추긴다고 할지, 유혹하는 거라면 당연히 할 거지만!'

이런 생각을 하고 있는데, 문득 이렇게 끌어안고 있는 엄마의 몸이 가진 부드러움에 경악했다.

부모와 자식이기 때문에 포옹을 받는 일도 하는 일도 수없이 많았다.

흔히 서른 살이 지나면 신체는 쇠약해진다고 하는데, 엄마는 나이가 들어도 젊어 보이고 오히려 점점 더 매력이 더해지는 것 같은 기분이 들 정도다. 굉장하네.

"……에잇!"

엄마의 탄력 넘치는 마시멜로 같은 가슴을 만져보았다.

말캉거리는 기분 좋은 감촉이 중독성 있을 만큼 좋았다. 엄마는 그런 나를 말리기는커녕 하는 대로 놔두고 있다.

"전에 언니랑도 이런 상황이 있었거든~. 그때 언니는 하야토 군과의 일을 무척 복잡하게 생각하고 있었어. 그래서 내가 이 가슴처럼 말랑하게 생각하라고 말해 줬지."

"글쎄, 그건 그거대로 어떨지 싶구나."

"아하하, 언니도 비슷한 말을 하더라♪"

그 조언이 잘 전해진 것인지, 언니는 정말로 솔직해진 것 같았다.

뭐, 내가 너무 자유분방한 건지도 모르지만…… 그래도 지금의 언니는 정말 생기가 넘쳐 보이니까 분명 잘된 거겠지.

"아리사도 아이나도 하야토 군을 만나서 변했구나."

"응! 근데 엄마도 변한 거 아냐? 엄청 즐거워 보이는데?"

"그래? ……그럴지도 모르겠네. 이것도 전부 하야토 군 덕분일까."

하야토 군은 나와 언니뿐만 아니라 엄마에게도 영향을 주고 있었다.

이제 하야토 군은 우리에게 없어서는 안 될 존재야. 그러니 우리는 앞으로도 이 관계를 소중히 이어갈 생각이다.

"오늘 돌아온 뒤에 하야토 군과 대화했었지? 그때 하야토 군, 정말 멋있는 표정으로 두 사람을 찾으러 가려고 했었어. 엄마도 정말 소중하게 생각하고 있다는 거 잊지 마!"

"아…… 그래. 명심할게."

엄마는 조금 쑥스러운 듯, 만족스러운 미소를 지어 보였다.

그 후 나는 거실로 향했다.

"자, 하야토 군! 언니도! 밤은 길어♪"

이렇게 떠들어대는 건 너무 어린애 같나? 그래도 좋은 걸 어떡해! 그만큼 지금이 즐겁다는 뜻이니까.

자, 하야토 군, 약속대로 이번 겨울 방학은 마지막까지 즐겁게 해줄 테니까 각오해!

속으로 그렇게 중얼거리며, 나는 하야토 군과 언니와 함께 보낼 겨울 방학에 대한 기대로 가슴을 부풀렸다.

otokogirai no bij
shimai wo noma
ma tsugezuni tasuke
ittaidounaru

정기적으로, 라고 말해도 될지는 모르겠지만, 나는 과거의 일을 꿈에서 본다.

"엄마, 괜찮아. 내가 곁에 있을게."

"하야토…… 고맙구나, 하야토."

내 눈앞에서 어린 나와 엄마가 몸을 맞대고 있다.

그런 어린 나와 엄마를 바라보는 것은 아빠 쪽 조부모…… 이것은 아빠가 돌아가셨을 때, 엄마에게 그 둘이 무심한 말을 내뱉고 있는 장면이었다.

엄마는 아빠를 잃은 충격에 괴로워하고 있는데, 그저 마음에 들지 않는다는 이유로 조부모는 엄마를 향해 심한 말을 뱉었다.

"너 같은 여자랑 결혼하는 바람에 아들이 죽은 거야."

"맞아. 너랑 만나지 않았으면 그 애가 사고를 당할 일도 없었을 텐데."

당시의 나는 그 말이 무엇을 의미하는지 이해할 수 없었다.

다만 알 수 있었던 것은 그들의 말에 엄마가 상처받았고, 그런 모습을 보고 나는 그들을 적으로 인식했다는 것뿐이다.

"시끄러워! 엄마 괴롭히지 마!"

그때의 나는 아무것도 모르는 어린애였고 당연히 지금보다 몸집도 작았다.

그래도 엄마를 지키기 위해 필사적으로, 내 몸을 방패 삼듯이 팔을 벌린 채…… 엄마 앞에 계속 서 있었다.

"……그래, 그러고 보니 이런 느낌이었어."

상황이 상황이라 그런지 작은 계기 하나로 이렇게나 선명하게 당시 일이 떠올랐다.

만약…… 만약 지금의 내가 이 순간에 있었다면, 분명 엄마를 더 배려해 줄 수 있었을 것이다.

뭐, 이제 와서 그런 생각을 해도 어쩔 수 없는 일이긴 하지만, 그런 가정을 나도 모르게 떠올려 버렸다.

"하야토."

그런 생각을 해서 그럴까, 꿈속의 엄마가 나를 바라보았다.

상냥하게 미소 지으며 다가오는 엄마에게 나도 자연스럽게 다가갔고…… 그리고 엄마를 온 힘을 다해 끌어안았다.

▶▷

"엄마……!"

"꺄악?!"

꽈악, 눈앞의 존재를 강하게 끌어안았다.

부드럽다. 따뜻하고 좋은 냄새가 나……. 아아, 마음이 놓인다. 아니, 어라? 내가 지금 뭐 하는 거지?

본인이 무엇을 하고 있는지도 모른 채, 그럼에도 얼굴을 감싸는 따뜻함과 부드러움이 기분 좋아 얼굴을 파묻었다. 우리 집에 고급 쿠션 같은 게 있었나 싶어 고개를 갸우뚱하니 그것마저 흡수해 버리는 탄력성.

"우후후, 하야토 군은 귀엽네요. 이 정도로 마음이 편안해진다면 언제든지 이렇게 해 줄게요."

"······응?"

지금 확실히 목소리가 들렸다.

내 머리 위에서 들린 것은 상냥한 목소리····· 그것은 아리사도 아이나도 아니었고, 내가 잘못 들은 것이 아니라면 이건····· 사키나 씨?!

나는 조심스럽게 두 개의 언덕 속에서 고개를 들었다····· 그러자 나를 바라보고 있던 것은 역시 사키나 씨였고, 그녀는 지그시 나를 응시한 채 빙긋 웃어 보였다.

"시간이 다 돼서 깨우려고 했는데, 설마 갑자기 이렇게 끌어안길 줄은 생각도 못 했네요."

"······아."

그제야 나는 현 상황을 모두 파악했다.

"죄, 죄송합니다····· 아침 일찍부터 와서 선잠을······."

"앗····· 으음!"

휙 몸을 떨어뜨리자 사키나 씨는 약간 볼을 부풀렸다.

귀엽다·····라는 생각을 하면서 나는 지금 시간을 확인하기 위해 시계를 보았다.

"10시····· 이제 곧이네요."

"네, 아리사와 아이나는 슬슬 준비가 끝날 거예요."

그 말을 듣고 나는 자세를 바로잡았다…… 아니, 자세를 바로잡을 필요는 없나.

겨울 방학에 들어가며 연말을 보내고 드디어 새해가 밝았다.

부모님이 돌아가신 뒤로는 나에게 그렇게까지 특별한 이벤트는 아니었는데, 이번에는 아리사와 아이나에게 첫 참배를 가지 않겠냐는 권유를 받은 것이다.

만일 그녀들이 초대하지 않았어도 내가 가자고 했을 것 같지만…… 어쨌든 그렇게 돼서 나는 아침 일찍부터 신조네를 방문했고, 살짝 졸려서 잠시 선잠을 잤다가 지금에 이르렀다.

새해 인사도 마쳤고…… 그녀들에게 새해 복 많이 받으라는 인사를 맨 처음 전할 수 있었던 것은 최고로 기분 좋은 일이었다.

"어떤 예복일까요……."

"후후, 며칠 전부터 하야토 군에게 보여준다고 잔뜩 벼르고 있었거든요. 저도 같이 입자는 말을 들었는데, 이번에는 저도 딸애들의 예복 차림을 구경하려고요♪"

"……."

솔직히 보고 싶은 마음이 있기도 했다.

물끄러미 바라보고 있는데, 혹시 보고 싶었냐고 물어오기에 나는 순순히 고개를 끄덕였다.

"물론이죠. 예전에도 말씀드렸지만 사키나 씨는 정말 미인이시고, 대학생으로도 보일 정도인걸요. 그런 미인이신데 보고 싶은

게 당연하죠."

"웃…… 하야토 군은 대담하네요."

"사키나 씨의 딸들과 지내다 보면 저절로 이렇게 돼요."

"그건…… 후후, 확실히 그럴지도 모르겠어요."

"그래서 뭐…… 사키나 씨는 뭘 입으셔도 잘 어울릴 것 같지만, 평소에는 볼 수 없는 모습도 보고 싶구나…… 하고."

"……그렇군요, 알겠어요."

내 입으로 보고 싶다고 말하긴 했지만…… 그 알았어요는 어떤 의미죠……?

머릿속에서 이런저런 모습을 한 사키나 씨를 잠시 상상하면서, 준비해 준 과자를 덥석덥석 입에 집어넣었다.

그렇게 기다리다 보니 드디어 공주님들이 모습을 드러냈다.

"오래 기다렸지."

"드디어 끝났어♪"

거실에 나타난 두 사람을 본 순간, 나는 정해진 결말처럼 넋을 잃고 두 사람을 바라보았다.

머릿속이 하얘졌다고 해도 과언이 아니다…… 그만큼 나는 눈앞의 두 사람에게서 눈을 뗄 수가 없었다.

"하야토 군의 반응을 보니 좋아해 주는 것 같네."

"응응♪ 이렇게 홀린 듯이 바라보니 입은 보람이 있어♪"

새해 예복에 대해서는 전혀 모르지만, 굉장히 비싸고 고급스러운 옷이라는 건 알고 있다.

나는 뚫어져라 두 사람을 쳐다보았다.

우선 아리사는 전체적으로 보라색을 바탕으로 한 기모노로, 머리 모양도 포니테일…… 머리 모양만 달라진 것뿐인데 인상이 상당히 바뀌었다.

반면 아이나는 빨간색을 바탕으로 한 기모노로 화려함과 화사함이 공존하고 있었고, 헤어스타일은 늘 달고 있는 리본을 떼어 내고 아래로 내린 상태였다…… 응, 아이나도 조금이지만 인상이 바뀌었다.

"……대조적이네…… 하지만 굉장히 잘 어울려. 두 사람 다."

그렇게 말하자 아리사와 아이나는 미소를 지으며 슬쩍 내 곁으로 다가왔다.

두 사람에게서 향기로운 꽃내음 같은 좋은 향이 풍겨왔고, 희미하지만 향수의 달콤한 향기도 섞여 있는 느낌이었다……. 평소에는 보지 못하는 그녀들의 특별한 모습이 어쩐지 어른스러워 보여 심장이 두근거렸다.

"살짝 힘들어. 특히 가슴 주변이……."

"그러게…… 확실히 좀 힘든 것 같기도 하네."

"이해해. 기모노를 입을 때 가슴이 크면 힘들지."

사키나 씨의 말에 아리사와 아이나가 고개를 끄덕인다.

남자인 나로서는 전혀 알 수 없는 화제이니 나를 둘러싼 채 가슴 이야기로 달아오르지 않았으면 좋겠는데……. 그렇다고는 해도 이런 이야기를 들을 수 있는 것 역시 다른 의미로는 도움이 될지도 모른다.

'근데 정말로 힘들 것 같긴 하네. 평소에는 크기를 알 수 있는데, 꽤 조이는 거…… 아닌가? 기모노의 구조는 잘 모르니까 뭐라고 단언할 수는 없지만, 굉장히 날씬해 보여.'

물론 그 말은 평소 두 사람이 뚱뚱해 보인다는 뜻이 아니라, 가슴 부분이 평소보다 작아 보인다는 것뿐……. 어쩐지 마술 같기도 하다.

나도 모르게 대놓고 봐버렸지만, 다행히도 눈치채지 못한 것 같아 남몰래 가슴을 쓸어내렸다. 그리고 우리는 겨우 집을 나서게 되었는데── 현관을 나설 때 아이나가 살며시 귓가에 속삭였다.

"그렇게 만지고 싶으면 언제든지 만지게 해 줄게?"

"윽…… 크흠!"

"아하하♪"

아무래도 들킨 모양입니다…….

연초의 첫 참배. 1년에 한 번이라고는 하지만 굳이 누군가를 따로 부르거나 하지는 않았다.

뭐, 올해는 아무 일도 없었다면 소타나 카이토와 함께 놀러 갔을 가능성도 없진 않겠지만, 설마 이렇게 두 명의 여자친구와 올줄은 꿈에도 생각하지 못했다. 아아, 아니, 여자친구가 생긴 시점에서 상상은 해 보긴 했지만, 고등학생이 된 후에 또다시 여자친구가 생길 줄은 몰랐으니까.

"사람이 많네."

"그러게. 아, 떨어지면 안 돼, 하야토 군?"

"알고 있어."

앞을 걷는 두 사람에게서 최대한 시선을 떼지 않으면서, 나는 사키나 씨와 어깨를 나란히 하고 걸어갔다.

새해 첫 참배답게, 신사가 예상대로 몹시 붐볐다.

워낙 혼잡하니 어깨를 가볍게 부딪치는 건 흔한 일이었다. 그 정도로 엄청난 인파였기에 나는 더더욱 아리사와 아이나, 그리고 사키나 씨를 주의 깊게 바라보았다.

'이런 자리에서 치한이나, 혼잡을 틈타 몸을 만지려는 녀석이 있을지도 모르니까.'

다행히 현재 그런 녀석과 만나지는 않았지만, 새해 예복을 차려입은 두 사람은 물론 사키나 씨도 주위의 시선을 받고 있어서 꽤 눈에 띄었다.

"사키나 씨, 떨어지지 마세요."

"알고 있어요. 하야토 군뿐만 아니라 딸들에게도 걱정은 끼치지 않을 거예요."

그걸 알아준다면 안심이다.

다만 의외로 아는 사람이라고 할까, 반 아이들과 마주치지 않는다는 사실이 조금 놀라웠다.

가끔 낯익은 얼굴이 보이긴 하는데, 평소와 다른 아리사와 아이나의 모습을 눈치채지 못하는 걸까? 뭐, 아이나는 몰라도 아리사는 헤어스타일까지 바뀌어서 분위기가 많이 달라지긴 했지.

여러모로 경계하고 있었지만, 별다른 사고 없이 우리는 앞으로 나아갈 수 있었다.

"기모노를 입은 사람이 꽤 많네."

"그런 것 같아. 한 해에 한 번 있는 날이니까. 특별하게 입고 싶은 마음은 다들 똑같겠지."

나이를 불문하고 새해 예복을 입고 있는 사람이 꽤 많이 보였다.

화장까지 완벽하게 마친 여자와도 몇 명 스쳐 지나갔고 주위의 시선을 끄는 사람도 몇 명 있었지만, 아리사와 아이나를 이미 봐서 그런지 시선을 빼앗기는 일은 없었다. 그만큼 두 사람이 너무 매력적인 거겠지, 하고 생각하는데 아리사가 이런 말을 꺼냈다.

"다른 사람들이 어떻게 볼진 모르겠지만, 나와 아이나는 오늘을 노리고 특별히 기합을 넣었어. 하야토 군이 봐줬으면 해서."

"아리사……."

빤히 쳐다보면서 그런 말을 듣자 어쩐지 쑥스러운 기분에 시선을 돌렸다.

그런 식으로 걸음을 멈춘 것이 실수였는지, 사키나 씨가 재촉하듯 등을 밀어왔다.

"사이 좋은 모습을 보여주는 건 좋지만 일단 앞으로 갈까요?"

"……넵."

"네."

"네~."

걸음을 멈추면 다른 사람에게 폐가 된다. 사키나 씨가 지적해줘서 다행이었다.

그 후 우리는 걸어가며 즐겁게 대화를 나누었고, 배전 앞에 도착해 동전을 새전함에 던져 넣은 뒤 방울 달린 줄을 흔들었다.

딸랑딸랑하는 소리가 울려 퍼졌다. 나는 눈을 감고 손을 모은 채 올해의 포부와 소망을 마음속으로 되뇌었다.

'아리사와 아이나가 행복하게 보낼 수 있기를……. 사키나 씨도 포함해서 모두와 함께 즐겁게 보낼 수 있게 해 주세요. 소타, 카이토와도 사이좋게 지낼 수 있게 해주시고, 할아버지와 할머니도 건강하게 해주세요.'

지금 당장 떠올릴 수 있는 최대한의 소원을 빌었다.

딱히 이런 것을 믿는 사람은 아니지만, 그래도 강하게 바라면 이루어진다고 하니 꿈은 갖고 싶었다. 좋아, 대충 다 했나.

"……?"

문득 양옆을 번갈아 보았다.

아리사와 아이나가 손을 모으고 꼼짝도 하지 않았다. 그만큼 진지하게 무언가를 비는 것이겠지만, 공교롭게도 그녀들이 무엇을 빌고 있는지는 알 수 없었다. 하지만 일부는 조금 알 것 같기도 했다.

"아리사와 아이나가 건강하게 지낼 수 있기를…… 하야토 군도 함께, 모두 다 같이 앞으로도 계속 행복하게 지낼 수 있기를."

사키나 씨는 아예 소원을 입 밖으로 말하고 있었는데, 그 말에 나는 홀로 훈훈함을 느꼈다.

참배가 끝난 뒤 우리는 각자 부적을 사게 되었다. 나와 아리사는 건강기원과 학업성취, 사키나 씨는 건강기원과 집안안전, 재물운 부적도 샀다. 어른은 어른 나름의 고민이 있는 거겠지.

"회사는 아무 걱정 없고, 저축도 문제없지만, 있어서 나쁠 건 없으니까요."

"아하……."

금전운 부적이라. 확실히, 있어서 나쁠 건 없지. 나중에 나도 금전운을 생각해서 하나 사둬도 좋겠다.

"아이나는 무슨 부적 샀어?"

아이나가 건강기원과 학업성취 부적 이외에 또 다른 부적을 들고 있는데…….

아이나는 히죽히죽 웃으며 부적을 내게 보여줬다. 성대하게 뿜을 뻔한 나는 곧바로 입을 손으로 틀어막았다.

"짜잔♪ 순산 기원입니다♪"

"……."

"아이나, 너……."

그녀는 내게 순산기원 부적을 당당히 내밀었다.

주변에는 남녀노소 할 것 없이 사람이 많았지만, 그중 몇몇이 깜짝 놀란 얼굴로 아이나를 쳐다보았다. 개중에는 흐뭇한 표정으

로 그녀를 바라보는 눈도 있었다.

고등학생의 농담이라기에는 마냥 웃을 수 없었지만, 한편으로는 의외로 흐뭇한 마음이 드는 걸까?

"나랑 하야토 군 아이의 순산 기원이야♪ 아직 고등학생이라 좀 이르긴 하지만……. 뭐, 갖고 있어서 나쁠 건 없겠지?♪"

이번에야말로 주변 사람들의 눈이 나에게 쏠렸다.

주위에서 모여드는 시선에 어쩔 줄 몰라 식은땀을 흘리고 있으니, 사키나 씨가 계속 여기 있으면 통행에 방해된다는 말과 함께 내 손을 잡고 끌어당겼다. 그 뒤를 아리사와 아이나가 따라왔다.

"아이나, 마음을 모르는 건 아니지만……."

"언니는 관심 없어?"

"……없진 않지."

"그렇지~? 차라리 언니도 사는 게 어때?"

"흠……."

아이나의 말에 아이나는 잠시 생각에 잠기는가 싶더니, 다시 부적 판매소로 향하려 흠칫 놀라 고개를 흔들었다.

이제는 딱히 말릴 생각도 들지 않는다만, 너무 참견하지 않는 게 좋을 것 같다. 내가 끼어들 일이 아니다.

"아리사도 아이나도 젊구나. 조금 부러워요."

제가 보기엔 사키나 씨도 여전히 젊으신데요.

사키나 씨에게 우리는 아직 어린애일 테지. 나도 나이가 들면 사키나 씨처럼 자신의 아이를 보면서 이렇게 말하는 날이 올까.

'그런 날이 왔을 땐…… 어떤 풍경일까.'

어렴풋이 나와 아리사, 아이나 곁에 아이들이 모여있는 광경이 떠올랐다.

이 미래의 모습에 무사히 정착할지 어떨지는 우리가 노력하기 나름일 것이다. 서로 함께하고 싶은 마음을 얼마나 잘 키워나가 느냐에 달려있을 것이다.

'신님, 지금은 떨어져 살지만, 부디 언젠가 그런 미래가 오도록 응원해 주세요.'

그러니 이 소원이 무사히 닿기를!

"후후, 다정한 표정이네요. 무척 멋져요."

"……감사합니다."

사키나 씨의 말에 약간 민망해졌다.

그 후에 우리는 넷이 점괘를 뽑았다. 나와 아리사는 대길, 사키 나 씨가 중길이었는데, 아이나만 흉이 나오는, 참으로 미묘한 결 과였다.

점괘 결과에 침울해진 아이나는 무시무시한 표정을 짓고 있었 다. 운세 뽑기 앞에 모여있던 주위 사람들이 무심코 자리를 피할 정도였다.

"흉……? 말도 안 돼. 절대 있을 수 없어. 웃기지 마, 이딴 한자 는 본 적도, 들은 적도 없어. 이 세상에 존재하지 않는다고!"

"진정해, 아이나! 안타깝지만 그건 존재하는 글자야!"

"그, 그래! 기껏해야 제비잖아!"

아리사 씨, 그 대답은 어떨지 싶은데요.

아리사와 협력하여 아이나를 달래고 있는데, 그때 등 뒤에서 목소리가 들렸다.

"어? 아리사랑 아이나 아니야?"

"엥? 정말?"

그 목소리에 돌아보니 두 여자아이가 있었다.

자매와는 달리 사복 차림이었는데, 얼굴이 묘하게 낯익었다. 두 사람과 같은 반 애들인가?

"너희도 왔구나."

"아하하, 새해 복 많이 받아!"

반 친구들은 예복을 입은 두 사람에게 정신이 팔린 탓에 나의 존재를 알아차리지 못했다.

아리사가 이야기하는 도중 무어라 눈짓을 주는가 싶더니, 사키나 씨가 내 어깨를 톡톡 두드리며 이쪽으로 오라고 속삭였다.

"······제가 신경 쓰이게 했을까요?"

"딱히 같이 있는 모습을 보여도 상관은 없지만, 한번 캐묻기 시작하면 귀찮아질 테니까 피한 거겠죠."

그건 확실히 그렇다. 배려해 준 감사를 나중에 제대로 전하자.

"사키나 씨는 저 애들과 안면이 있으신 거 아닌가요?"

"글쎄요······. 입학식 때 본 기억은 있지만, 우리 애들은 친구를 집에 데려온 적이 없어서요. 잘 아는 사이라고는 못 하겠네요."

"그렇군요."

두 사람이 친구들과 놀 때 주로 밖으로 나가는 건 알았지만, 집에 부른 적이 없을 줄은 몰랐다.

그렇게 나와 사키나 씨는 두 사람을 지켜보며 한쪽에서 대기하고 있었는데, 그때 사키나 씨가 살짝 속삭였다.

"하야토 군, 올해도 성묘를 갈 건가요?"

"아, 네. 매년 가니까, 올해도 갈 생각이에요."

"그러면 우리도 같이 가도 될까요?"

그 제안에 나는 눈을 동그랗게 떴다.

집에 있는 불단에 기도하는 것만으로 고마웠는데, 함께 성묘도 해 주려는 모양이다.

"괜찮으세요?"

"물론이죠. 오히려 부탁하고 싶어요."

딱히 거절할 이유도 없기에 나는 고개를 끄덕였다.

하지만 이렇게 되면 나도 사키나 씨에게 해야 할 말이 있다.

"그렇다면 저도 두 사람의 아버님, 사키나 씨의 남편분께 인사를 드리게 해주세요. 저번에 불단에서 인사드리긴 했지만, 성묘하러 가서 제대로 인사드리고 싶어요."

"……알겠어요. 그럼 부탁해도 될까요?"

"네!"

이번에야말로 정식으로 인사드릴 수 있게 됐다. 다시 한번 내 뜻을 제대로 전하자.

아버님께 나는 어쩌면 두 딸을 꾀어낸 남자로 보일지도 모른다. 하지만 두 사람을 생각하는 마음은 누구에게도 지지 않는다.

그 모든 걸 각오하고 두 사람의 마음을 받아들였고, 앞으로도 함께 지내고 싶다고 결심했다. 그 사실을 다시 한번 무덤 앞에서 확실하게 선언하자.

"하야토 군, 엄마도, 기다리게 해서 미안해요."

"우리 왔어~!"

"이런……."

두 사람이 돌아왔고, 아이나가 나를 끌어안은 탓에 가까스로 받아냈다.

친구들은 이미 어디론가 간 것인지 모습이 보이지 않았다. 나는 나를 껴안은 아이나의 머리를 자연스럽게 쓰다듬어 주었고…… 그제야 든 의문에 고개를 갸우뚱했다.

"왜 그래?"

"아니, 왜 평소에는 리본으로 머리를 묶잖아? 그게 없는 것만으로 좀 다르구나 하고."

"오늘만이야~."

"흉*이었으니까."

"으…… 떠오르게 하지 마, 언니! 흉이라는 글자는 존재하지 않는다고!"

오늘만이니까 흉이라.

아리사가 그런 말장난을 할 줄은 몰랐다. 그나저나 흉이라는 말을 듣자마자 이런 반응을 보이다니……. 심정은 이해하지만 일

---

*일본어로는 오늘과 흉의 발음이 똑같다.

단 묶어둔 것으로 무사히 액막이는 했을 테니 괜찮을 것이다.

"그래, 그래, 착하지."

"아붑!"

아, 아이나가 아기가 돼 버렸다…….

일단 해 보고 싶었던 일은 거의 다 마쳤기 때문에 집에 장식할 새해 장식물을 산 뒤 우리는 포장마차 쪽으로 향했다.

모처럼 포장마차가 많이 나와 있었기에 식사를 밖에서 하자는 이야기가 나왔기 때문이다.

다만…… 나는 거기서 큰 실수를 저지르고 말았다.

타코야키와 야키소바를 사고 탄산 포도주스까지 산 직후, 다른 사람과 부딪히며 내용물을 아리사의 옷에 성대하게 묻힌 것이다.

"미, 미안해!"

엄밀히 말하면 내 잘못은 아니다. 하지만 나의 부주의 탓이기도 하다.

이런 예복 기모노는 일반 옷과 달리 꽤 비싸다고 하고, 무엇보다 세탁을 맡긴다고 해도 비싸다는 말을 들은 적이 있었다.

가격도 그렇지만 오늘을 위해 준비해 준 그 예복을 더럽혔다. 아마도 지금의 나는 상당히 창백한 얼굴을 하고 있을 것이다.

"후후, 괜찮아, 하야토 군. 물론 작은 사고인 건 맞지만, 지금 일은 네가 잘못한 게 아니잖아."

손수건으로 젖은 부분을 닦으면서 아리사는 그렇게 말했다.

그런 식으로 말해 주면 정말 고맙긴 하지만, 역시 그 이상으로 미안한 마음이 훨씬 더 컸다.

아이나도 아리사의 젖은 부분을 닦아주며 나를 안심시키려는 듯이 미소 지었다.

"맞아, 앞을 못 보고 걷던 그 사람이 잘못한 거지. 그러니까 하야토 군이 신경 쓸 일은 아무것도 없어."

"……."

"아리사와 아이나의 말이 맞아요. 사람들이 이렇게나 붐비니까 어쩔 수 없는 일이죠."

사키나 씨에게도 그런 말을 들은 나는 어쩔 수 없이 고개를 끄덕였다.

눈은 내리지 않고 햇빛이 비치고 있다고는 해도 여전히 기온은 낮았기에 감기에 걸릴 위험은 적지 않았다.

일시적인 위안밖에 되지 않겠지만, 나는 아리사의 어깨를 감싸 안듯이 거리를 좁혔다.

"아…… 우후후 ♪ 따뜻해, 하야토 군."

"이 정도에 따뜻하다고 말해 준다면 얼마든지 해 줄게."

내 부주의가 초래한 일이긴 하지만, 다들 이렇게까지 말해 주니 그녀들의 말대로 사과하는 것은 여기까지만 해 둘까.

이미 사둔 타코야키나 다른 음식은 아직 먹지 않았고 달리 할 일도 없었기에 우리는 바로 돌아가기로 했다. 사키나 씨가 운전하는 차에 탔을 때 엣취, 하고 아리사가 귀여운 재채기를 하는 바람에 또 한 번 내가 당황했고…… 그런 식으로 나와 그녀들의 첫 참배는 어수선한 분위기 속에서 마무리되었다.

우리는 다른 곳에 들르지 않고 곧장 집으로 갔고 아리사는 바로 목욕하러 갔다.

"하야토 군. 정말 신경 쓰지 않아도 괜찮아요."

"아…… 네. 감사합니다, 사키나 씨."

되도록 신경 쓰지 않으려고 주의하고는 있었지만, 아무래도 표정에 드러나 있던 모양이다. 사키나 씨에게 다시 한번 그런 말을 듣고 말았다.

"그, 전부 신경 쓰지 말라는 건 어렵겠지만…… 좋아! 이제 정말로 미안한 마음은 그만 가질게요!"

"그거면 됐어요. 뒷일은 이 엄마한테 맡겨요."

"으…… 네."

아, 불시에 이런 말을 하는 건 반칙이에요, 사키나 씨…….

아리사가 벗어둔 기모노를 들고 걸어가는 사키나의 등을 바라보고 있는데, 아이나가 살짝 내 손을 잡았다.

"아이나?"

"에헤헤, 하야토 군의 신경 쓰이는 그 마음도 조금은 이해하니까. 내가 하야토 군 입장이었어도 그렇게 생각했을 거야."

"그래……?"

"응, 응! 그러니까 말이지? 언니는 목욕하러 가버렸고 엄마도 없잖아? 그러니까 내가 하야토 군을 조금이라도 위로해 주고 싶어서!"

윙크하면서 아이나는 그렇게 말했고, 그 힘에 밀린 나는 그대로 그녀의 방으로 끌려갔다.

침대나 선반 위에 있는 사랑스러운 인형들이 우리를 맞이해 주었다. 음, 뭘 하려는 거지?

"새삼스럽지만, 이 예복 어땠어?"

"응. 엄청 예뻤어. 너무 진부한 말이라 미안하지만."

"아니, 열심히 고민해서 해 주는 멋진 말도 물론 기쁘지만, 처음에 자연스럽게 나오는 말이 그 어떤 말보다 진심이 담긴 거잖아. 그게 기뻐♪"

"그렇구나."

"응♪"

아리사나 사키나 씨처럼 아이나도 내 기운을 북돋아 주려고 했다.

나를 여기 데려온 이유도 마찬가지다. 하지만 나는 이제 괜찮은데, 뭘 할 생각이지?

내가 아이나에게 시선을 주니, 그녀가 씨익 미소 지었다. 그 순간, 나는 오싹한 느낌이 들었다.

의미심장한 표정을 지어 보인 아이나가 톡톡, 내 가슴을 찌르며 입을 열었다.

"하야토 군은 예복의 구조……라고 하면 되나? 어떤 식으로 옷을 입는지 알고 있어?"

"아니, 전혀 몰라."

"그렇지? 그래서 말인데, 벗는 걸 좀 도와줄 수 있을까? 혼자서 하기엔 힘들어서."

어……?

여자애 옷 벗는 걸 도우라고? 지금, 그렇게 말씀하셨나요, 아이나 씨?

"이걸 말이지…… 좀 풀어줬으면 좋겠어."

"그……."

"그것만 해 줘도 괜찮아. 그게 끝나면 내가 알아서 할게."

아, 난 또. 그 정도라면 괜찮겠지.

보지는 않았지만, 내 바로 앞에서 아리사와 아이나가 옷을 갈아입은 적도 있고. 그리 놀랍지는 않다. 내가 바로 나가면 큰 문제는 없을 거다.

'아니, 일반적으로 이런 지식을 갖고 있는 경우도 있겠지만, 모르는데 굳이 여성이 입는 옷을 알아보는 경우는 없으니까.'

이거야, 라며 손가락으로 가리키고 있는 띠에 손을 얹었다.

몸을 꽉 조이고 있을 거라 생각했는데, 이미 아이나가 어느 정도 풀어둔 것인지 쉽게 풀릴 것 같았—— 다만 이때, 나는 완전히 방심하고 있었다.

애초에 이런 것들을 몰랐기 때문에 어쩔 수 없지만, 나는 아이나가 위로해 주겠다고 한 말의 의미를 곧바로 이해했다.

"이러면…… 풀리는 건가?"

"맞아."

"좋아…… 어?"

나는 오비를 풀었다…… 그러자 오비는 힘없이 바닥에 떨어졌고…… 아이나가 입은 기모노 역시 깔끔하게 벗겨지고 말았다.

"윽?!"

순간적으로 사고가 정지되었고, 내가 대체 무슨 짓을 한 것인가 싶어 패닉에 빠졌다.

모두 보이는 건 아니었지만, 아이나는 기모노가 벗겨져도 조금도 놀라지 않았다. 오히려 이쪽을 돌아보며 생글생글 웃었다.

"이런 건 오비가 생명선이거든. 이게 풀리기만 해도 기모노는 이런 식으로 벗겨져 버려♪"

"아, 아이나~~~~~!"

"몰라앙~♪ 하야토 군 엉큼해♪"

봐버려서 미안하다든가, 벗겨버려서 미안하다는 말은 하지 못했다.

나는 그저 속았다는 심정으로 크게 소리치며 눈을 감고 손으로 얼굴을 감쌌다. 하지만 그녀의 맹공은 이제부터 시작이었다.

"짜안~!"

"우왁?!"

복부에 충격이 느껴지는가 싶더니 뒤에 있던 침대로 떠밀리듯 쓰러졌다.

푹신한 감촉에 등과 머리가 보호받은 덕에 아프진 않았지만, 만일 통증이 있었다고 해도 그런 것 따위 금세 잊었을 것이다. 눈앞에서 내려다보는 풀어헤친 기모노 미인을 보면 누구나 이렇게 되지 않을까.

"……으음~."

"아이나?"

나를 내려다본 채 아름다운 피부나 가슴골, 속옷을 전혀 숨기지 않은 상태의 아이나는 무언가를 생각하는 모습이었다. 그렇게 한동안 서로를 응시하다가 문득 그녀가 중얼거렸다.

"이렇게 하야토 군을 유혹하고 있으면 반드시 언니가 온단 말이지."

"응?"

"생각해 봐, 예전 산타 코스프레 때도 그랬잖아? 이렇게 살짝 즐거운 이벤트를 즐기고 있으면 언니가 꼭——."

말을 도중에 가로막듯이 달칵, 문이 열렸다.

앗 하고 나와 아이나는 동시에 소리를 내며 그쪽으로 눈을 돌렸고—— 아이나의 예언이 적중했다고 해야 할까, 욕실에서 나온 아리사가 거기에 서 있었다.

아리사는 우리를 보자마자 한숨부터 내쉬었다.

"아이나, 옷부터 갈아입어."

"에엥~. 하지만~."

"말대답하지 말고. 어서."

"예, 예스맘!"

아리사의 눈에 날카로운 안광이 서렸다.

아이나는 벌떡 일어나 경례하더니 곧 시키는 대로 옷을 갈아입기 시작했다. 그 틈에 나는 살며시 방을 나왔다.

"덕분에 살았어, 아리사."

"어머, 정말? 아쉬웠다는 생각은 안 들어?"

"……아주 조금?"

"후후, 솔직하네."

뭐, 확실히 힘든 순간이긴 했지만, 남자로서 두근거렸다는 것도 사실이니까. 아리사의 말대로 조금은 아쉬웠다.

"아이나가 옷을 다 갈아입을 때까지 내 방으로 갈까?"

"응."

아리사의 방으로 들어가 그녀와 둥근 테이블에 둘러앉았다.

"한 해의 시작으로서 더할 나위 없는 날이었어. 마지막에 해프닝은 좀 있었지만, 그 정도는 별일도 아니지."

"그러면 다행이고. 난 정말 식은땀이 나더라."

아리사와 아이나는 신경 쓰지 않아도 된다고 하지만, 상대에 따라서는 세탁비나 변상을 요구할 수도 있는 상황이었다.

상대가 아리사라서 다행이라고 쉽게 넘길 것이 아니라, 이미 끝난 일이라도 또다시 이런 사태가 발생하지 않도록 조심하는 것이 중요하다.

"아, 맞다. 아이나한테도 말한 건데."

"응?"

"오늘 두 사람, 정말 예뻤어. 나가기 전에도 말했지만."

"고마워. 하야토 군에게 보여주고 싶어서 힘을 좀 줘봤어."

아리사는 아까 한 해의 시작으로 더할 나위 없는 하루라고 했지만, 두 사람에게 이런 말을 들은 나야말로 그 누구보다 행복했다.

"……있지, 아리사."

"왜?"

"나는…… 두 사람을 즐겁게 해 주고 있어? 남친으로서 기대에 응하고 있을까?"

이유는 잘 모르겠지만, 나도 모르게 그런 말이 입에서 새어 나왔다.

아리사는 살짝 눈을 동그랗게 뜨더니, 내 손을 잡고 고운 얼굴을 가까이했다.

훅 풍기는 향기로운 향기에 가벼운 현기증을 느끼면서 나는 그녀의 예쁜 눈동자를 바라보았다.

"우리는 충분히 만족하고 있어. 잘 봐. 네 앞에 있는 나나, 아까 봤던 아이나는 어떤 표정이었어?"

"……웃고 있었어."

그래, 아리사와 아이나는 웃고 있다.

나도 모르게 불안이 튀어나왔는데, 자신감을 가져야 할 것 같다. 방심하면 또 혼자 불안에 빠져서 같은 대사가 나올지도 모르고.

"그래, 웃고 있지. 네 곁에 있으니까. 네가, 하야토 군이 있는 덕분이야."

아리사가 내 뺨에 손을 얹어왔다.

무슨 일이 있을 때마다 늘 이렇게 되는 것 같다. 이렇게 얼굴이 가까운 탓에 지척에서 서로를 바라보게 되고, 그러다 보니 이런 행동이 나오는 것은 당연했다.

"하, 하야토 군?"

"잠깐만…… 응석 좀 부릴게."

뒤에 쿠션이 있는 것을 보고 아리사를 그대로 밀어 넘어뜨렸다.

그대로 모든 걸 잊고, 그저 이 달콤한 분위기 속에 빠져들듯 아리사의 온기를 맛보며 나는 작은 소리로 고맙다고 말했다.

"응, 나야말로 고마워."

그러고 나서 잠시 아리사를 밀어 넘어뜨린 듯한 자세로 시간을 보내고…… 그 후 아이나가 이번에는 이쪽으로 찾아오며 아까와 같은 일이 반대로 벌어졌다.


"아리사의 포니테일 모습…… 좋다."

"그래? 기분 전환으로 살짝 묶어본 건데."

"하야토 군도 그렇게 생각해? 이렇게 보면, 약간 무녀처럼 보이지 않아?"

"오, 듣고 보니!"

"무녀…… 무녀 코스프레도 괜찮겠다."

"아리사 씨?"

"언니?"

▶▷

"……좋아, 이 정도면 괜찮겠죠."

"네. 그 사람도 기뻐할 거예요."

마주 잡은 손을 내려놓고 나는 몸을 일으켰다.

눈앞에 있는 것은 사키나 씨의 남편이 잠든 무덤…… 오늘은 전에 이야기했던 성묘 날이었다.

나는 방금 엄마와 아빠의 성묘를 마쳤고, 지금은 아리사와 아이나가 그쪽에서 기도를 올리고 있었다.

"그건 그렇고 사는 곳이 같아서 그런가, 같은 묘지였네요."

"그러게요. 이곳 묘지는 크니까요."

어쩌면 지금까지 몇 번이고 모르게 스쳐 지나갔을지도 모른다.

"그 사람은 무척 다정한 사람이었어요. 아리사와 아이나를 정말 예뻐했고…… 저도 정말 많이 사랑해 줬죠."

"그렇겠죠. 사키나 씨도 그렇지만, 저렇게 예쁜 딸이 둘이나 있는데 귀여워하고 싶은 마음도 어쩔 수 없지 않을까요?"

"아……."

그러자 사키나 씨의 몸이 흠칫 굳었다.

힐끔 안색을 살피니, 그녀의 눈동자가 흔들리고 있었다. 말실수했나 싶었지만, 곧 사키나 씨가 먼저 이유를 말해주었다.

"……그이도 비슷한 말을 했었어요. 아리사와 아이나가 귀여워서 어쩔 수가 없다고, 다정한 눈빛으로 그 아이들을 바라보면서 말했었죠."

사키나 씨의 흘러내린 머리카락이 얼굴을 가린 탓에 표정을 읽기 어려웠지만, 침울해 보이지는 않아서 다행이었다.

"하야토 군, 엄마도."

"인사를 다 마쳤어. 어쩐지 아들을 잘 부탁한다는 말을 들은 것 같아♪"

"그래? 뭐, 우리 부모님이라면 태연한 얼굴로 그렇게 말할 것 같긴 하네."

엄마도 아빠도, 그런 사람들이다.

어쩌면 한술 더 떠서, 남자라면 반드시 아리사와 아이나를 행복하게 해 줘라, 같은 말을 하며 내 등을 때렸을지도 모른다. ……엄마가.

"여기 오면 그리움과 쓸쓸함이 함께 느껴져."

"그래……. 그러니까 더더욱 살아 있는 우리는 행복하게 지내야 해."

그 말에는 전적으로 동의한다. 앞으로도 계속 가슴에 새겨둬야 할 말이다.

자, 이것으로 나도 그녀들도 각자 하고 싶은 일은 끝났다.

조금씩 흩날리는 눈발 속에서 이만 돌아가려고 등을 돌렸을 때, 저편에서 노부부 한 쌍이 걸어왔다.

"쯧……."

평범한 성묘객이라면 좋았겠지만, 저들은 나와 질긴 인연이 있는 타인이다.

'하긴 시기가 시기니까, 이렇게 우연히 만날 수도 있겠지.'

저들은 아빠의 부모, 즉 내 조부모이자, 엄마에게 폭언을 뱉은 사람들이다.

나로서는 좋은 추억이라고는 하나도 없는 상대다. 오히려 두 번 다시 만나고 싶지 않았다.

"하야토 군?"

"하야토 군?"

양쪽에서 다른 목소리로 이름이 불린 나는 놀라서 퍼뜩 고개를 들었다.

이 행동만으로도 두 사람이 눈치채기엔 충분했던 것일까. 아리사가 내 상의 후드를 머리에 씌웠고, 아이나는 내 팔을 꼭 끌어안았다.

"으음……."

그대로 얼굴을 가린 채 노부부를 스쳐 지나간 후, 나도 모르게 작게 한숨이 나왔다.

"하야토 군, 저분들은 혹시……?"

"네……. 맞아요."

"그렇군요. 자, 둘 다 오늘은 바로 집으로 가자."

"알았어요."

"응."

우리는 그대로 차에 타서 귀가했다.

차 안에서 아리사와 아이나, 그리고 가끔 이야기에 끼어드는 사키나 씨의 화기애애한 대화로 인해 금세 분위기가 달아올랐고, 신조네에 도착할 때까지 계속 즐거운 분위기가 이어졌다.

그들에 관해서 한마디도 언급하지 않은 것은 나를 배려한 거겠지.

'결국 또 이렇게 배려받았네. 그래도 덕분에 마음이 훨씬 편해졌어.'

이전에 마주쳤을 때는 마음이 몹시 불편했는데, 지금은 그리 답답하지 않았다. 이것도 모두 그녀들과 만나며 마음에 큰 여유가 생겼기 때문이겠지. 나도 그만큼 성장했을 거고.

"하야토 군?"

"왜 그래?"

"아니, 아무것도 아니야! 하아아압!"

"뭐, 뭐야?!"

"하야토 군이 고장 났어?!"

고장이라니, 나는 지극히 정상이다.

그저 나를 이렇게 바꿔준 그녀들에게 감사의 기분을 보여주고 싶었을 뿐이다. 뜻하지 않게 갑자기 괴성을 지르는 이상한 놈처럼 되긴 했지만.

'뭐, 이런 일도 있는 거지!'

나는 곧바로 반성하고 얌전히 사키나 씨의 맛있는 요리를 기다렸다.

우리의 연말연시는 이렇게 지나갔다.

하지만 그녀들과 보내는 달콤하고도 따스한 나날은 아직 끝나지 않았다. 어쩌면 지금부터가 진짜일지도 모른다.

otakagirai na bijin
shimai wo namae
mo tsugezuni tasuketa
ittaidounaru

"그럼 또 봐, 하야토!"

"오늘 즐거웠어!"

"나도 그래. 또 보자!"

겨울 방학 마지막 날, 아침부터 놀러 온 소타와 카이토를 배웅했다.

애초에 겨울 방학 때 같이 놀자고 말했었는데 이쪽도 여러 가지 일로 바빠서 시간을 내지 못했었다. 그래도 마지막에 이렇게 시간을 낼 수 있어서 다행이었다.

"……그건 그렇고 이번 겨울 방학은 정말 즐거웠지."

연말연시는 아리사와 아이나, 사키나 씨와 함께 보냈고…… 물론 어제도 신조네에 들러 저녁까지 대접받았다. 원래라면 쓸쓸하기도 하고 춥게 보냈을 이 겨울 시기를 따뜻한 환경 속에서 보낼 수 있어서…… 정말 멋진 시간이었다.

"음~! 하아!"

하늘로 팔을 쭉 뻗으며 기지개를 켠 후 나는 집 안으로 돌아왔다.

저녁이니까 목욕이나 식사 준비 등 이것저것 해야 하는데, 오늘은 혼자니까. 자아, 그럼 뭘 만들어 먹을까.

"……응?"

먼저 뜨거운 물을 데우기 위해 욕실로 향하려던 때였다.

전화가 왔는지 거실에 둔 스마트폰에서 요즘 유행하는 곡이 흘러나왔다.

"갑니다, 가요."

아리사나 아이나인가? 아니면 소타나 카이토? 그도 아니면 사키나 씨인가? 그런 식으로 상대를 예상하면서 스마트폰을 손에 들고 확인하니, 그 누구도 아닌 외할아버지였다.

"여보세요?"

『여보세요? 잘 지내냐, 하야토.』

"네, 잘 지내요. 할아버지도 잘 지내고 계신 것 같네요."

말은 그렇게 해도 정기적으로 연락을 주고받고 있었기에 잘 지내고 있다는 것은 알고 있었지만, 연세가 있으시다 보니 걱정되는 마음은 있었다.

『나야 잘 지내지. 근데…….』

"왜 그러세요?"

『올해 연말연시엔 네 얼굴을 못 봐서 그게 조금 아쉽구나.』

"아~."

그건 그렇구나 싶어 쓴웃음을 지었다.

작년까지는 만나러 가거나 아니면 할아버지 할머니가 이쪽에 잠깐 얼굴을 비추거나 했는데, 올해는 아리사, 아이나와 보내는 시간이 많아진 탓에 그러지 못했다.

쓸쓸하다고 해 주신 것은 기뻤고, 그런 말씀을 하게 만든 것에 죄송한 마음도 분명 들었지만, 애초에 두 사람과의 시간을 우선시하라고 말씀해 준 것은 다른 누구도 아닌 할아버지와 할머니였다.

『하야토가 신세를 진 아이들에게 인사는 해두고 싶었는데…….
그건 다음 기회에 해야겠구나. 그리고 사키나 씨에게 여러모로
이야기를 들었다.』

"그렇군요. ……사키나 씨가 뭐라고 하셨는데요?"

『너에 대해서 칭찬하시더구나. 역시나 우리 손자구나 싶어서
할머니랑 같이 한바탕 웃었다.』

"음…… 그렇게 말씀하시니 더 궁금해지네요."

일단 전에 사키나 씨에게 할아버지 쪽 연락처를 알려준 상태
였다.

그래서 그런지 나의 모습을 사키나 씨가 자세히 전해 주기도 하
고, 무엇보다 할아버지와 할머니도 사키나 씨와 대화하는 시간을
기대하고 계신 모습을 보니 꽤 좋은 관계를 맺고 있는 것 같았다.

『네가 강도에 맞섰다는 말을 들었을 때는 심장이 철렁했다
만…….』

"그건 경찰관분들께도 입에 닳도록 들었어요. 하지만 만약 그
때 제가 돕지 않았으면 어떻게 됐을지 생각하면……."

『그렇겠지. 무모했다는 생각은 들지만, 화는 나지 않는구나. 훌
륭하다, 하야토.』

"네."

아무리 할아버지 할머니가 나한테 무르다고 해도 화를 안 내는
것은 아니다. 다만, 그 사건에서는 내가 왜 그런 무모한 짓을 벌

였는지 알고 계시고, 그 결과 도움을 받은 사람도 있으니 넘어가시는 거다.

"무모했다는 건 알지만, 세상이 뭐라고 해도 잘못했다고는 생각하지 않아요. 그것만은 말하고 싶어요."

『그래, 알고 있다. 세상에 완벽한 답이란 없으니까. 나는 하야토의 생각을 존중한다.』

"하하, 감사해요."

『암, 역시 손자에게 감사 인사를 듣는 건 기분 좋은 일이지!』

전화기 저편에서 할아버지가 즐겁다는 듯이 껄껄 웃었다.

그리고 한동안 할아버지와 이야기를 나누다가, 마지막에 할아버지가 나에게 이런 말을 남기셨다.

『사키나 씨와 대화하고 있으면 카스미가 떠오르더구나……. 나이도 그렇고, 비슷한 부분이 많지 않더냐. 그러니 너도 사키나 씨도 말대로, 가끔은 어리광을 부려보거라.』

카스미── 엄마의 이름이다.

"……예."

굳이 말하지 않아도 나는 이미 사키나 씨에게 여러모로 어리광을 부리고 있다. 반사적으로 나도 모르게 엄마라고 부를 뻔한 적도 있을 정도다. 사키나 씨는 그렇게 해도 된다고 말했지만, 내가 스스로 하기에는 다소 부끄러웠다.

나는 나중에 다시 연락드리겠다고 하고 통화를 마쳤다.

"새삼 생각해 보면, 정말 여러 사람에게 사랑을 받고 있구나.

열심히 살아야지!"

다소 거창한 포부이려나.

이번 겨울 방학을 통해 아리사, 아이나와 사이가 더욱 깊어졌다. 아마 앞으로도 그녀들의 매력에 곤란해하는 나날이 기다리고 있겠지. 참 사치스러운 고민이다.

"이런, 이러고 있을 때가 아니지."

정신이 번쩍 든 나는 재빨리 목욕을 마치고, 저녁 식사를 끝냈다. 신조네에서 식사 준비를 도운 적이 몇 번 있었는데, 그 덕에 요리 실력이 조금 늘었는지, 칼질에는 자신감이 붙었다.

식사를 마친 후에는 내 방에서 근육 트레이닝을 했다.

"하나, 둘, 셋, 넷…… 후우~."

요즘 혼자 있을 때는 곧잘 근육 트레이닝을 하고 있다.

딱히 살이 찐 것도, 몸이 허약한 것도 아니다. 여유 시간을 이용해 되도록 몸을 단련해 두고 싶어서다. 남자는 허세를 부려서라도 언제 어느 때라도 강하고 멋있어 보이고 싶은 법이니까!

"조금만 더 하고 끝낼까."

겨울 방학 마지막 날 밤을 근육 트레이닝으로 보내는 녀석은 나 말고 없지 않을까…….

땀을 흘리지 않을 정도로만 했지만, 숨이 찼다.

"하아…… 후우……. 음, 나쁘지 않네."

체육 수업 말고는 전혀 운동하지 않았으니, 이참에 습관을 들여도 괜찮을 것 같다.

기회가 있다면 헬스장에 다니는 것도 나쁘지 않다. 소타는 거부하겠지만, 카이토와는 같이 다니면 좋지 않을까?

"음."

근육 트레이닝을 마치고 슬슬 자야겠다고 생각하고 있으니, 문득 밉살스러운 얼굴을 한 호박 가면과 눈이(?) 마주쳤다.

나는 벌떡 일어나 아리사와 아이나가 인연을 맺어준 신이라며 칭송하던 녀석을 찰싹 때렸다.

"네 덕분에 하루하루가 행복하고 너무 즐겁다. 가끔 너무 행복해서 감당이 안 될 때도 있을 만큼. 정말 고마워."

인연을 맺어주는 신이라.

최근에는 나도 그 말에 납득하기 시작했다. 아니, 이 인연의 계기가 됐다는 건 인정하지 않을 수가 없다.

"내일부터는 고등학교 1학년의 마지막인 3학기가 시작돼. 그러니, 지금처럼 지켜봐 줘."

톡톡 호박을 쓰다듬은 뒤 불을 껐다.

침대에 누워 아리사와 아이나에게 잘 자라는 메시지를 보냈다.

보내자마자 읽음 표시가 뜨더니, 동시에 두 사람에게서 답장이 왔다.

『잘 자, 사랑해, 하야토 군.』

『잘 자! 사랑해, 하야토 군!』

……정말이지, 입꼬리가 올라가다 못해 천장까지 치솟을 것 같다. 문자 메시지일 뿐인데도 두 사람의 목소리가 들리는 것만 같

았다.

나는 행복한 마음으로 잠을 청했다.

▶ ▷

긴…… 아니, 그리 길진 않은가? 겨울 방학이 끝나고 다시 학교가 시작되면서, 교내에서도 적잖이 분주한 날이 이어졌다. 사실 1학년에겐 별로 큰 변화가 없었지만, 3학년은 졸업 후를 대비하고 있으니, 특히 더 바쁘지 않을까.

"오, 어디 가?"

"잠깐 볼일~."

점심을 다 먹은 뒤 소타와 카이토를 놔두고 혼자 교실을 나왔다.

창밖을 보자 새하얀 경치가 눈에 들어왔다. 12월에도 눈은 내렸지만, 1월이 되자 본격적으로 바람도 강해지며 더욱 날이 차가워졌다.

"……좀 춥네."

복도는 난방이 되지 않기에 추울 수밖에 없지만, 그렇다고 가지 않을 수는 없다.

스쳐 지나가는 학생들에게는 일절 눈길도 주지 않고 곧장 빈 교실로 들어갔다. 어라? 여긴 따뜻하네?

"아, 왔다."

"어서 와, 하야토 군."

"기다렸지? 근데, 혹시 난로 켜놨어?"

"가만히 있으면 춥잖아."

그, 그야 뭐 그렇다만······.

빈 교실은 학생이 굳이 들어갈 일이 없으니, 당연히 난로도 쓸 일이 없다. 이거 멋대로 썼다고 혼나는 거 아닌가?

"후후, 걱정할 필요 없어. 좀 할 일이 있다고 선생님께 사용 허가를 받았으니까."

"오오······."

"뭐, 할 일이라는 건 하야토 군과 장난치는 거지만 말이야!"

"물론 그렇게 직접 말하지는 않았어. 좀 나쁜 아이가 된 기분이지만, 평소의 생활 태도 덕분일까?"

"그랬구나."

확실히 아리사와 아이나의 행실은 선생님들 사이에서도 소문이 자자할 정도다.

성적도 좋고 평소 행실도 좋다. 선생님들에게는 귀여워할 만한 학생일 테니, 다소는 눈감아주시는 거겠지.

"그렇게 됐으니——."

"이리 와, 하야토 군♪"

팔을 벌리고 나를 기다리는 두 사람. 나는 두 사람에게 다가 갔다.

생각해 보면 이렇게 학교에서 두 사람과 동시에 만나는 건 처음 아닌가?

나는 둘에게 손을 뻗었다. 내 손에 아리사와 아이나의 손이 휘감기며 강하게 붙잡았다.

서로가 만족스러운 미소를 지었다. 대화의 화제는 곧 겨울 방학으로 옮겨갔다.

"정말 이번 겨울 방학은 의미 있었어. 내가 하야토 군에게 도움이 됐을까?"

"응, 응! 나도 하야토 군과 엄청 많이 놀 수 있어서 최고였어!"

"⋯⋯응. 나도 최고의 겨울 방학이었어."

몇 번이고 다시 떠올려도 미소가 새어 나온다.

학교에서는 별로 마주칠 일이 없기에 이렇게 모이면 이야기도 금방 활기를 띠는데, 이렇게 모여있으면 이상하게도 해프닝이 발생한다.

"어? 뭔가 교실 안이 밝지 않아?"

"누가 있나?"

그런 목소리가 문 건너편에서 들려온 것이다.

순간 내 어깨가 흠칫 떨렸다. 그러자 아리사가 조심스레 내 손을 잡더니 구석으로 데려갔다.

"잠깐, 언니, 어쩌려고?"

"변명하는 건 부탁할게, 아이나."

"내가 그 역할을 하고 싶었는데!"

역할이라니, 뭐지⋯⋯?

당황하는 나를 아리사는 그대로 청소도구함까지 끌어당겼고,

문을 열자마자 그대로 안에 집어넣었다.

일반 청소도구함에 비해 꽤 컸기 때문에 둘이 들어가도 꽉 낄 정도는 아니었다. 아니지만!

"……아리사."

"후후, 이런 일을 하는 건 처음이야……. 두근두근하네 ♪"

넌 왜 그렇게 즐거워 보이는 걸까?!

청소도구함 안은 조금 어두웠지만 눈이 어둠에 익숙해지면서 틈새로 든 빛에 비친 아리사의 표정이 잘 보였다.

"앗, 아이나다~!"

"여기서 혼자 뭐해?

언니랑 잠깐 비밀 얘기를 하고 있었어. 언니는 지금 화장실."

"흐음……."

"굳이 이런 곳에서?"

아무래도 들어온 사람은 아리사와 아이나의 반 친구인 모양이었다.

이걸 어쩌지? 심장이 시끄러울 정도로 요동쳤지만, 지금 날 곤란하게 하는 건 저들의 대화가 아니었다.

'위험해! 좋은 향기와 엄청날 정도의 부드러움이…… 우오오오오오오!'

큰일이다. 마음속으로라도 소리를 지르지 않으면 평정심을 유지할 수 없을 것 같다. 어쩌면 이미 정상이 아닐지도?

"하야토 군."

혼자 그런 생각을 하고 있는데, 아리사가 더욱 몸을 밀착시켜 왔다.

등에 팔을 두르고, 다리를 휘감고…… 나아가 그 풍만하고 부드러운 가슴을 내 가슴팍에 이래도 되나 싶을 정도로 밀어붙여 왔다. 가슴이 뭉그러지면서 촉감이 직접 느껴졌다.

"아, 아리사 씨…… 그, 조금만 떨어져주시면 감사할 것 같은데요."

"떨어질 리가 없잖아? 우후후♪"

그러니까 넌 왜 그렇게 즐거워 보이는 건데!

즐거워 보이는 아리사에게 한계까지 내몰리며 몸의 자유를 빼앗긴 나는, 한계 직전 몸을 살짝 움직였다. 하지만 지금은 그래선 안 될 상황이었다.

덜컹.

"뭐야?"

"무슨 소리 안 들렸어?"

밖에서 다가오는 기척이 느껴져 식은땀을 흘리고 있으니, 아이나가 도움의 손길을 건넸다.

"뭐야~ 지금 여기 귀신이라도 있다는 거야? 그보다 너희는 무슨 용건인데?"

아이나의 그 말에 반 아이는 그러고 보니, 하며 말을 돌렸다.

하지만 바로 교실을 나가지는 않고 아이나와 대화를 주고받았다. 그리고 위기를 벗어나자, 아리사가 기다렸다는 듯이 내 귓불을 핥았다.

"아, 아리사――!"

"으음…….."

당연하지만 나는 아직 목소리를 낼 수 없었기에 그 공격을 참을 수밖에 없었다.

아리사는 무슨 스위치라도 켜진 사람처럼 날름거리며 귓불을 핥더니 다음으로는 목덜미에 그 혀를 가져갔다.

'……확실히 아리사는 야한 구석도 있지만 기본적으로는 성실한 앤데……! 그런 애가 왜 이런 짓을……!'

아리사도 아이나도 우리의 관계를 자진해서 멀어지게 만드는 짓은 하지 않을 것이다. 즉 이 행동에는 무언가 의도가 있다. 이런 행동으로 무언가를 유발하고자 하는 의도가.

그것이 무엇인지 필사적으로 머리를 굴리고 있는데, 아리사가 작게 속삭였다.

"있지, 하야토 군. 지금의 난 무척 나쁜 아이 아닐까?"

"……나쁜 아이지."

"그렇지? 난 너에게 모든 걸 바친 여자…… 날 멋대로 휘두를 수 있는 건 세상에서 단 한 명…… 너뿐이야."

"……그래서?"

무슨 말을…… 하고 싶은 거지?

부끄러움을 참듯 얼굴을 붉히면서도 아리사는 이렇게 말했다. 마치 주인에게 벌을 청하는 하인처럼…… 내가 절대적인 주인이라고 말하듯이.

"그런 너에게 난 이렇게나 무례한 짓을 했어……. 자, 하야토 군…… 아니, 주인님—— 부디 이 버릇없는 여자에게 벌을 내려 주시겠어요?"

"아리사……."

이때 나는 그녀의 말을 이해하기까지 몇 초가 걸렸다.

나에게 있어서 그녀는 한없이 소중한 여자친구. 그러니 결코 무시하거나 내려다보는 일은 없을 것이다. 하지만 눈앞의 아리사에게서 뿜어져 나오는 공기는 그 모든 것을 밀어내며 그녀가 내 밑에 있어야 할 존재처럼 느껴지는 마력 같은 것을 흘리고 있었다. 젠장, 이 공기가 이성을 무너뜨리는 기분이다.

"하야토 군……."

촉촉한 눈동자가 나를 바라보던 그때—— 어두웠던 공간이 단숨에 밝아졌다.

"자, 거기까지~. 불청객들은 이미 나갔어."

"아……."

"……아이나."

문을 연 것은 아이나였다. 그녀의 말대로 교실 안에 있던 반 아이들 두 명의 모습은 어디에도 없었다.

숨을 필요가 사라졌음에도 아리사는 내게서 떨어지지 않은 채, 마치 아이나의 존재가 없는 것처럼 나를 바라보더니, 키스하고는 떨어졌다.

"아~ 치사해!"

눈앞에서 키스한 아리사를 따라 하듯 아이나도 내 뺨에 키스했다.

……정말이지, 이번에는 어떻게 되지 않을까 싶을 정도로 위험했는데, 어떻게든 극복한 모양이다.

그리고 평소의 분위기를 되찾은 우리가 이제 곧 교실로 돌아가야 할 시간이라 해산하려고 할 때였다.

"다음 달은 나와 아이나의 생일이네."

"그러게…… 에헤헤, 또 한 살 먹는구나."

"생일……?"

아니, 이럴 수가.

나는 아리사와 아이나의 생일도 모르고 있었단 말인가? 언젠가 한 번 물어보기만 하면 됐는데? 이건 남자친구로서 실격 아닐까?

"하야토 군?"

"왜 그래?"

"아니…… 저기, 방금 생일이라고…….'

거기까지 말하자 아리사가 알려주었다.

"그러고 보니 그런 얘기는 전혀 안 했네. 나랑 아이나의 생일은 다음 달 5일이야."

"허어……."

즉 2월 5일이 두 사람의 생일이라는 건가.

2월 5일…… 쌍둥이?* 글자만 봤을 때 둘에게 딱 어울리는 말이 떠올랐지만, 단순한 우연이겠지.

그렇구나, 생일이구나.

"하야토 군은 언제야?"

"나는 9월이야. 나이만 보면 연상이 되는 건가…….."

참고로 내 생일은 9월 15일이다.

'다음 달이면 생각보다 얼마 남지 않았는데. 으음 어쩐다.'

지금까지 여자아이의 생일을 축하할 기회는 없었다. 뭐, 조금 대화를 나눴던 여자에게 축하의 말을 전할 기회는 있었어도 선물을 주는 경우는…… 여자라고 하면 엄마 정도밖에 없었다.

"하야토 군? 같이 축하해 주는 것만으로도 충분해."

"맞아. 뭔가 해 주고 싶다는 마음이 있을지도 모르지만…… 응, 정말 괜찮아."

"그래도……."

나는 두 사람에게 뭔가를 해 주고 싶었다.

이 기분은 누구에게 무슨 말을 듣는다 해도 변하지 않을 것이다. 자, 그럼 어떻게 할까.

하야토가 아리사와 아이나 자매의 생일을 안 지 며칠이 지났다.

오늘은 토요일이었기에 하야토는 언제나처럼 신조네를 방문

*2와 5는 일본어로 쌍둥이와 같은 발음으로 읽을 수 있어서 쌍둥이의 날이라고도 불린다.

했다. 하지만 오늘, 아리사와 아이나는 외출하여 집에 없었다. 그러면 그의 곁에 누가 있을까. 대답은 간단하다.

"후후, 자는 얼굴이 정말 귀엽네요."

아리사와 아이나를 낳은 엄마, 사키나였다.

매일의 피로가 쌓인 것인지 하야토는 소파 등받이에 완전히 등을 내맡긴 채 잠들어 있었고, 그런 그를 사키나는 바로 옆에 앉아서 바라보고 있었다.

"생일 선물이라…… 후후, 그 애들이 남자애한테…… 그것도 연인에게 받는 날이 오다니…… 정말 감회가 새로워요."

급하긴 했지만 사키나는 하야토에게서 미리 연락을 받았다.

내용은 즉 두 사람에게 뭔가 선물을 준비해 주고 싶으니 도와달라는 것이었다. 사키나는 그것이 사랑스러운 한편, 원래도 알고 있었지만, 딸아이들을 정말 아껴주고 있다는 다정한 마음을 느꼈다.

마침 오늘 딸들은 평소 친한 반 아이들과 놀러 가기로 약속한 덕분에 이렇게 하야토의 부탁을 들어 줄 수 있었다.

'……선물이라. 제 마음이 다 두근거리네요…… 우후후, 조금 부럽다는 마음도 들지만요.'

사키나에게 있어 하야토는 딸들의 남자친구인 동시에, 그녀에게도 바꿀 수 없는 큰 존재였다.

도움을 받은 그날부터 인연이 이어졌고, 딸들을 통해 하야토를 알게 되면서…… 어느 순간 그를 위해 뭔가 할 수 있는 일은 없을까 고민하게 되었으니까.

"······?"

그때 사키나는 아랫배에 손을 갖다 댔다.

오랫동안 느끼지 못했던 무언가, 잊고 있던 무언가가 뇌리를 스쳤지만 기분 탓인가 싶어 다시 한번 하야토의 잠든 얼굴을 바라보았다.

"딸들은 저녁까지 돌아오지 않을 테니······ 오후에 나가서 선물을 골라볼까요?"

그전까지 무엇을 할까, 하고 사키나는 때아닌 무료함을 느끼고 말았다.

여느 때 같으면 딸들이 없어도 혼자 여유롭게 보냈을 텐데, 이렇게 하야토가 있으니 아무래도 진정이 되질 않아 가만히 있을 수가 없었다.

"이러니까 마치 마음에 둔 남자아이를 신경 쓰는 것 같네요."

키득키득 웃은 사키나는 예전에 남편과도 그랬었지, 하며 회상에 잠겼다.

잠시 그리운 기분을 느꼈지만, 문득 그녀 자신도 좀 더 하야토에게 뭔가를 해 주고 싶다는 마음이 들었다.

"으음······ 뭐가 있을까요?"

딸들의 남자친구에게 이렇게까지 하는 엄마는 없겠지만, 역시 그녀에게도 하야토는 특별한 존재였다.

"아, 그러고 보니······."

번뜩, 사키나가 무언가를 떠올렸다.

조용히 일어나 그녀가 향한 곳은 아리사의 방—— 가족이었기에 방에 들어가는 것은 누구도 나무라지 않았고, 아리사도 아이나도 특별히 신경 쓰지 않았다.

방에 들어간 사키나의 눈에 띈 것은 메이드복……. 그랬다. 아리사가 전에 하야토를 위해 입었던 그 메이드복이다.

"하야토 군은…… 이런 걸 좋아하는 걸까요?"

분명 본인에게 직접 물어보면 얼굴을 붉힐 것이 분명하다.

아리사가 충동적으로 입었던 그 상황이 아니라, 연인의 엄마가 이런 것을 입으면 좋겠냐고 물으면 아마 누구라도 싫다고 하겠지. 그런 대답까지 도달했음에도 사키나는 약간의 두근거림을 느꼈다.

"아니, 내가 대체 무슨 생각을……. 딸이 산 메이드 옷을 이렇게 쳐다보면서——."

아리사가 이 옷을 사서 하야토에게 선보였다는 이야기는 들었다.

그것을 본 하야토가 무척 기뻐했다는 말도 들었다. 그 탓에 사키나의 안에서는 하야토는 메이드 옷을 좋아한다는 정보가 생겨 버렸고, 자신도 하야토를 기쁘게 해 주고 싶다고 생각한 결과—— 왜 이렇게 되었을까 싶은 광경이 펼쳐져 있었다.

"……읏…… 좀 조이네요."

바로, 메이드복에 몸을 감싼 사키나였다.

아리사도 충분할 정도로 어울렸지만, 사키나도 상당히 잘 어울렸다. 어떤 의미로는 그녀가 가진 모성애나 포용력까지 어우러져 아리사 이상으로 봉사 정신이 느껴지는 모습이라고도 할 수 있었다.

다만, 딱 한 가지 문제가 있었다.

비록 아리사가 준비한 옷이긴 했지만, 그녀 이상의 가슴을 가진 사키나의 그것을 감싸기에는 조금 부족했다. 그래서 말 그대로 그 부분이 답답했다.

"……갈아입을까요? 제가 이런 걸 입는다 해도 하야토 군에게 보여줄 수 있을 리가 없——."

"어? 사키나 씨, 아리사 방에 계세요?"

보여줄 수 있을 리가 없다고, 그렇게 말하려던 사키나에게 신이 장난이라도 친 것일까.

자고 일어난 것인지 눈가를 문지르며 다가온 하야토가 반쯤 열린 문으로 얼굴을 드러냈고, 그리고 메이드복 차림의 사키나를 보는 순간 움직임을 멈췄다. 고속으로 몇 번이나 눈을 깜박이는가 싶더니 곧 휘둥그레 뜬다.

"사, 사키나 씨?"

"윽…… 저, 저기, 이건 그러니까…… 그……."

빤히 바라보는 시선에 사키나는 이러지도 저러지도 못한 채 눈을 굴렸다.

애초에 하야토가 이런 것을 좋아할 거 같아서 입어보고 싶었던 건데, 실제로 그에게 보이니 엄청난 수치심이 들었다.

딸들이라면 몰라도 이런 아줌마가 이런 차림을 하다니…… 분명 하야토 입장에서는 불쾌한 광경이 아닐까, 그런 생각에 울고 싶은 심정이었다. 그럴 거였으면 처음부터 입지 않았으면 될 일이었지만, 하야토를 생각하다 보니 저절로 몸이 움직이고 있었다.

"미, 미안해요. 이런 모습을 보여서——."

그렇게 말하고 바로 옷을 갈아입으려고 했다. 지금 여전히 하야토가 눈앞에 있는데도.

그러나 하야토는 부끄러워하면서도 이렇게 말해 주었다.

"……진짜로 잘 어울리시네요. 아리사가 입었던 옷 같은데, 사키나 씨가 입으니까 또 다른 분위기랄까……. 아무튼 최고예요!"

아마 하야토도 갑작스러운 상황에 무슨 말을 해야 할지 몰라 횡설수설한 것일지도 모른다.

그래도 진심이라는 건 사키나도 느꼈고, 무엇보다 당황하면서도 제대로 말을 전하려고 애써주는 그 모습에 사키나의 심장이 두근거렸다.

"……고마워요, 하야토 군."

빙긋, 본인이 지을 수 있는 가장 큰 미소를 사키나는 지어 보였다.

죽은 남편이 내 이런 모습을 봤다면 어떤 반응을 보였을까. 아마 하야토와 같은 반응을 보이지 않았을까 생각하니 사키나는 더할 나위 없이 즐거운 기분이 들었다.

'아아…… 하야토 군과 지내는 건 역시 즐거워요. 이것도 전부 그때의 만남이 가져온 인연일까요?'

속으로 거기까지 중얼거렸을 때, 아주 조금 사키나의 마음에 어두운 무언가가 깃들었다.

'부럽다…… 어?'

무엇에……?

무엇에 부러움을 느꼈을까 싶어 잠시 당황했다── 이러면 마치, 하야토의 사랑을 독점하는 아리사와 아이나를 질투하는 것처럼 들리지 않나. 사키나는 자기 자신에게 경악했다.

"사키나 씨? 왜 그러세요?"

"아…….."

자연스럽게 곁으로 다가와 어디 안 좋은 곳이라도 있는지 걱정해 주는 그의 다정함이 기쁘다…… 이렇게 가까이서 보니 그 호박 사이로 보이던 다정한 눈빛은 조금도 변하지 않았고, 그때의 그와 눈앞의 그는 역시 똑같은 사람이었다.

"……주인님."

"……네?"

"주인님, 뭔가 하고 싶은 건 없으신가요?"

장난기가 발동한 것도 있지만…… 그 이상으로, 사키나의 마음은 조금씩 뛰고 있었다.

지금의 자신은 메이드복을 몸에 두르고 있다. 그것은 곧 누군가에게 봉사하는 사람의 옷차림을 하고 있다는 뜻이다. 사키나는 하야토에게 도움을 주고 싶었고, 나아가 진짜 엄마처럼 그가 응석을 부려주었으면 했다.

"사, 사키나 씨…… 그."

"뭐든 말해 주세요. 뭐든 다 해 줄게요."

그대로 사키나는 하야토 앞에 섰다.

쿵쾅쿵쾅 심장이 크게 요동쳤다. 이런 일은 하면 안 된다는 것을 알면서도, 딸들을 무시하는 처사라는 걸 알면서도 사키나는 스스로를 제어할 수 없었다.

머리를 긁적이며 어쩔 줄 모르는 하야토의 모습은 무척 사랑스러웠고, 그것이 도와줬을 때의 모습이나 딸들과 마주하던 신사적인 모습과의 절묘한 갭을 자아내 그것마저도 사키나의 마음을 설레게 했다. 다만, 거기서 하나의 사고가 발생했다.

타악, 하고 무슨 소리 났다.

튕기는 듯한, 날아가는 듯한 소리였다.

"끄악?!"

"……어?"

직후 하야토가 이마를 누르며 주저앉았다.

대체 무슨 일이 벌어진 거지? 설마 이마에 총탄을 맞은 건가?! 사키나가 저도 모르게 그런 생각을 해 버렸을 정도로 거창한 몸짓으로 쓰러진 하야토였지만, 이내 사키나는 무슨 일이 일어났는지 깨닫고 수치심에 얼굴을 물들었다.

"앗?!"

그 원인은 사키나의 가슴에 있었다.

그렇지 않아도 답답했던 그 부분이 한계를 맞이한 것인지, 강한 기세로 옷이 벗겨지며 너무나도 풍만한 가슴골이 노출되어 있었다. 즉 가슴 부분의 단추가 사키나의 풍만한 가슴을 견디지 못하고 날아가 버렸고, 그것이 하야토의 이마에 직격한 것이다.

사키나에게 하야토는 이미 자기 아들이나 다름없는 상대였지만, 역시나 가슴팍을 드러낸 상황은 부끄러웠다.

"으으……."

가슴팍을 팔로 가렸지만, 이 정도로 사키나의 풍만한 가슴을 다 가리기에는 불충분했다. 공연히 더 외설적인 모습으로 뭉개져 버려서 반대로 더 야해 보였다.

그러나 그녀에게 그나마 행운이었던 점은 하야토가 아픔에 괴로워하고 있는 탓에 사키나를 보고 있지 않았다는 것. 사키나는 자신의 부끄러움보다도 하야토의 걱정을 우선시했다.

"괜찮아요?!"

"네, 네…… 괜찮……아요."

그 정도로 아팠던 걸까, 걱정하는 사키나와 그런 그녀에게서 시선을 돌리려는 하야토…… 뭐, 하야토의 마음도 충분히 이해는 갔다.

설령 자신을 걱정해 주는 여신 같은 여성이라 해도, 꿈이 가득 담긴 것 같은 커다란 두 덩어리를 출렁출렁 흔든다면…… 그것이 사귀는 여자친구도 아닌 그들의 엄마라면 시선을 돌리려는 행위는 전혀 이상한 일이 아니었다.

'……두근거림을 느껴준 걸까요? 후후후…… 정말 귀엽네요.'

거기서 또다시 하야토에게 장난을 치고 싶은 마음이 싹트기는 했지만, 그가 오늘 이곳에 온 본래의 목적을 떠올리며 사키나는 마음을 제어했다.

방을 나선 하야토를 배웅하고 사키나는 단추 수선에 들어갔다.

멋대로 입어버린 것…… 아리사는 그것에 화내지는 않겠지만, 역시 단추가 떨어진 것을 보면 화를 낼 것 같았기에 사키나는 물 흐르듯 빠른 손놀림으로 수선을 끝냈다.

"……정말 요즘의 아리사와 아이나는 즐거워 보여요. 저도 그렇지만 하야토 군 덕분에 매일 웃는 날이 얼마나 늘어난 걸까요."

무심코 그런 말이 나올 정도로, 사키나는 뚜렷하게 그것을 느끼고 있었다.

그리고 준비를 마친 사키나는 하야토와 함께 집을 나섰다.


사키나는 무척 상냥한 여성이다.

그것은 하야토도 그렇지만 딸들도 분명하게 알고 있다. 하지만 의외로 본인조차 자각하지 못한 숨겨진 버릇 같은 것도 있었다.

그것은 상대에게 온 정성을 쏟고 싶어 하는 봉사 정신과, 여자의 본능이 갈구하는 사랑……. 그야말로 아리사와 아이나의 개성을 모두 합친 것 같은 하이브리드였다.

즉 사키나는 어떻게 해도 부정할 수 없는 그 두 사람의 엄마라는 뜻이었다.

그리고 정점은 엄마로서 다가가고 싶어 하는 순수한 모성애. 하지만 아직은 모성애 쪽이 압도적이더라도, 이것이 앞으로 어떻게 바뀔지는 아무도 모르는 일이다.

"……."

"하야토 군?"

"히익?!"

이런…… 이러면 안 돼, 그러면서 나는 머리를 흔들었다.

하지만 아무리 잊으려고 해도 아까의 광경이 뇌리에 떠올라 나는 그때마다 정신 차리기 위해 뺨을 짝짝 때렸다.

"……후우."

강제로 몸에 통증을 만들고 동시에 심호흡하며 마음을 가라앉혔다.

"죄송해요, 사키나 씨."

"아니에요…… 괜찮다면 상관없어요."

"괜찮아요! 바로 갈까요!"

이 이상 사키나 씨를 걱정시킬 수는 없다. 본래의 목적을 달성하기 위해서라도 정신 바짝 차리자!

평소의 모습으로 되돌아오기 위해 노력하며 나는 사키나 씨와 나란히 걸었다.

이번에 이렇게 함께 외출하는 것은 아리사와 아이나에게 줄 생일 선물을 고르기 위해서였다. 나오기 전에 집에서 여러모로 상담했지만, 줄 선물이 확실하게 정해지지는 않았다.

『학생이니 학생답게 돈이 많이 들지 않는 게 좋겠죠. 내가 내줘도 상관없지만, 그러면 의미가 없을 테니까요.』

『그렇죠. 학생다우면서도, 두 사람이 기뻐할 만한 거로 하고 싶어요.』

그런 대화가 오갔는데, 학생다운 선물이라는 게 뭘까? 으음.

필사적으로 생각한다고 하면 너무 오버처럼 느껴질지 모르지만, 역시 나로서는 동갑인 여자에게 처음 주는 선물이었기에 어쩔 수 없었다. 흐으음.

"……죄송해요, 사키나 씨. 저 아까부터 계속 속으로 신음만 하고 있네요."

"후후, 딸들에 관한 일로 고민해 주는 건 기쁜 일이죠. 하지만 뭘 골라야 할까요. 옷은 가격이 비싸고, 액세서리는 저렴한 것도 있긴 하지만 그 아이들은 그런 것에 별로 관심이 없으니……."

사키나 씨도 머리를 이리저리 기울이며 고민해 주었다.

이렇게 되면 나보다 훨씬 두 사람에 대해 잘 아는 사키나 씨에게 맡기는 편이 좋지 않을까 하는 생각도 들지만…… 그래도 역시 내가 직접 생각해서 고르고 싶었다.

"……으음~."

"으음……."

사키나 씨와 함께 고민하는 나…… 거기서 조금 기분을 전환하는 의미도 담아 나는 사키나 씨에게 양해를 구하고 화장실로 향했다.

"후~……."

완전한 편안함을 느끼는 상황에서도 머릿속은 선물 생각뿐이었다.

이렇게 기분을 전환하며 휴식을 취한 것이 정답이었을까, 괜찮지 않을까 싶은 것들이 몇 가지 떠올랐다.

"……심플한 거긴 하지만 좋을 것 같아."

머릿속에 떠오른 것, 그것은 정말 쉽게 준비할 수 있는 것이었다.

당장 사키나 씨에게 상담해 보려고 그녀에게 돌아갔을 때, 대학생 정도의 남자가 사키나 씨에게 말을 걸고 있었다.

'……뭐, 당연히 이렇게 되겠지.'

내가 사라지면서 곁이 비어버린 사키나 씨.

그렇지 않아도 미인인 여성이 혼자 한가하게 서 있으니 말을 거는 남자가 있는 것은 조금도 이상한 일이 아니었다. 최근 아이나의 일도 떠올라 역시 모녀구나 싶어 쓴웃음이 나왔다. 그건 그렇고 빨리 가야겠다.

"오래 기다리셨죠, 사키나 씨."

"아, 하야토 군!"

조금도 겁먹은 기색 없이, 어른의 여유를 드러내듯 미소를 지어 보인 사키나 씨가 내게 달려왔다.

조금 귀찮은 상황이 되지 않을까 싶었는데, 상대편 남자는 조금 노려보는가 싶더니 일행이 있다는 것을 알고 바로 떠났다.

"죄송해요. 잠깐 떨어진 틈에……."

"아뇨, 전혀 괜찮아요. 하지만……."

사키나 씨가 내 옷자락을 잡았다.

"딱히 무서움을 느낀 건 아니에요. 하지만 그때 일이 가끔 떠오를 때가 있어서……. 쉽게 일어나기 어려운 일이라는 건 알지만요."

"사양 마시고 의지해 주세요. 지금의 저는 사키나 씨를 지키는 기사니까요!"

"……우후후, 네♪"

싱긋 미소를 지은 사키나 씨를 보자 걱정할 필요는 없을 것 같다는 생각에 안도했다.

'그나저나 정말 귀엽게 웃는 분이시구나. 평소의 모습이 아리사라면, 미소 지었을 때의 표정은 아이나와 닮은 것 같아.'

즉 무슨 말을 하고 싶냐면, 이 사람은 정말 굉장한 사람이다.

본인의 수준 낮은 어휘력에 쓴웃음을 지으면서도, 나는 화장실에서 떠올린 것을 사키나 씨에게 알려주었다.

"사키나 씨. 선물 말인데요…… 두 사람 다 방에 인형을 두고 있잖아요. 아이나는 특히."

"그렇죠. 아, 그렇다는 건?"

나는 고개를 끄덕였다.

그래서 두 사람 다 귀여운 걸 좋아하지 않을까 하는 손쉬운 결론에 도달한 셈인데, 맨 처음, 그야말로 고등학생으로서 하는 선물로는 꽤 괜찮지 않을까?

"좋네요. 아리사도 아이나도 옛날에는 인형을 안고 자지 않으면 잠을 잘 수 없었을 정도거든요."

"그런 귀여운 일도 있었군요."

"그렇죠. 너무 귀여웠어요."

그런 일면이 있었다니……. 기회가 된다면 옛날 두 사람의 사진을 보여달라고 할까.

선물하고 싶은 것을 정한 우리는 곧바로 인형 매장으로 향했다.

"……후후."

"왜 그러세요?"

"아니요, 남편도 옛날에 인형을 준 적이 있었다는 게 떠올라서요. 선물이라는 건 무엇이든 받으면 기쁜 법이죠. 분명 딸애들도 기뻐할 거예요."

응, 그렇다면 안심이네!

주먹을 꼭 쥐어 보인 나를 사키나 씨는 흐뭇한 얼굴로 바라보았다. 그 눈빛은 정말로 엄마를 떠올리게 하는 눈빛이라서, 사키나 씨와 이렇게 쇼핑하고 있으면 약간 그리움이 들었다.

'그런데 사키나 씨도 인형을 받았단 말이지……?'

······흠흠.

그 후 인형 매장에 도착한 나는 물색을 시작했다.

"······종류가 엄청 많네."

남자인 나조차도 귀엽다고 느껴지는 인형도 있고, 비싼 가격에 눈알이 튀어나올 뻔한 제품도 몇 가지 있었다.

잠시 물색을 한 후 나는 고양이와 토끼 인형을 집어 들었다.

"아리사는······ 약간 새침한 부분이 있으니까 변덕스러운 고양이로, 아이나는······ 딱히 다른 이유는 없지만 귀여운 토끼로 하면 좋지 않을까?"

고양이는 몰라도 토끼는······ 아니, 발정과는 아무런 관련이 없다. 아무렴.

그렇게 스스로를 세뇌하며 나는 인형 세 개를 계산대로 가져갔다.

쇼핑백을 들고 돌아온 나를 사키나 씨는 웃는 얼굴로 맞아주었고, 다시 나란히 걷기 시작했다.

"마음에 드는 걸 찾았나요?"

"네, 꽤 귀여운 게 있더라고요."

"그거 다행이네요. 저도 당일까지 안 보고 기대하고 있을게요."

그건······ 응, 꼭 기대해 준다면 좋겠다.

"아, 죄송해요, 좀 더 사고 싶은 게 있어서요."

"어머, 그런가요?"

고개를 끄덕이며 나는 여기 오기 전에 미리 봐둔 가게로 향했다.

그곳에 파는 것은 리본이었다. 아리사와 아이나 두 사람 다 머리를 묶을 때 리본을 사용하고 있었기 때문이다.

"오래 기다리셨죠!"

"전혀 신경 쓸 필요 없어요. 그러면 오늘은 이만 갈까요?"

"네. 돌아갈까요. 앗, 그 전에 짐을 제 집에 놔두면 좋을 것 같은데요."

"알겠어요. 서프라이즈니까 숨겨둬야겠죠♪"

뭐, 찾아내면 찾아내도 딱히 상관은 없었다. 뭔가를 준비하고 있다는 건 아마 내 태도에서 다 드러날 테니까. 그 대신 뭘 주려고 하는지 정도는 눈치채지 않았으면 좋겠다.

"마지막에는 하야토 군이 직접 선물을 정했네요."

"듣고 보니 그러네요. 그래도 사키나 씨와 이렇게 외출한 덕분이에요. 정말 감사합니다."

"별말씀을요. 딸애들이 기뻐해 주길 바라는 그 마음 자체가 내 일처럼 기쁜걸요. 그리고 하야토 군과 함께 외출할 수 있어서 즐거웠답니다."

"그런가요? 그러면 다음에 또 같이 나가요."

"정말요? 너무 좋아요♪"

이 사람은…… 정말, 정말로 예쁘게 웃는 사람이다.

기쁜 얼굴로 가슴 앞에서 손을 모은 사키나 씨에게서 시선을 돌린 나는 부끄러움을 얼버무리듯 목뒤를 긁적였다.

그 후 사키나 씨의 차를 타고 내 집에 돌아와 짐을 두고 다시 신조네로 돌아왔다.

"어?"

"어머?"

신조네 현관을 열었을 때, 아리사와 아이나의 신발이 있는 것을 발견했다.

저녁에나 돌아올 거로 생각했는데, 아무래도 나와 사키나 씨가 예상했던 것보다 더 일찍 들어온 모양이었다.

"엄마, 어서 와…… 앗, 하야토 군?"

"어? 하야토 군도 있어?"

나란히 거실에서 얼굴을 내민 두 사람이 곧바로 이쪽으로 달려왔다.

"엄마랑 같이 있었어?"

"아아, 잠깐 같이 쇼핑하러 다녀왔어. 두 사람 다 빨리 왔네?"

"응, 친구 중 한 명이 볼일을 깜빡했다는 것 같아. 그래서 일찍 해산했어."

아아, 그래서 일찍 왔구나.

원래 오늘은 만날 계획이 없었다. 아리사와 아이나는 내 손을 잡아끌더니 거실로 데리고 갔다.

소파에 셋이 나란히 앉은 순간 양팔을 두 사람에게 빼앗겼다.

"뭐 샀는데?"

"생활용품."

지금의 나, 완벽한 포커페이스를 유지한 것 같다.

두 사람에게서 시선을 느꼈지만, 나는 그저 앞만 바라보며 그렇게 대답했다. 그때 사키나 씨가 키득키득 웃는가 싶더니 이런 말을 꺼냈다.

"나랑 하야토 군의 쇼핑 데이트였지. 남자가 말을 걸어왔는데 하야토 군이 도와줘서 멋있었단다♪"

"······흐음?"

"그렇구나."

어어······?

뭔가 공기가 약간 서늘해진 것 같은데······. 물론 지금의 데이트라는 말에는 심장이 철렁하긴 했지만, 사키나 씨가 건넨 도움의 손길인 건 변함이 없다.

'감사합니다, 사키나 씨.'

이제 생일이 오기만을 기다릴 뿐이었다.

지금부터 두 사람이 기뻐하는 얼굴을 상상하는 것도 좋고, 반대로 일절 상상하지 않고 꾹 참고 그때를 기다려도 좋겠다. 아아, 이상한 기분이다.

내 생일도 아닌데 너무 기대된다.

"쇼핑 데이트 말이지······?"

"하야토 군~?"

"······으흠."

우선은 조금 질투심을 내는 두 사람부터 어떻게든 달래야 할 것 같지만.

otokogirai na bijin
shimai wo namae
mo tsugezuni tasukete
ittaidounaru

2월 5일, 드디어 이날이 왔다.

오늘은 아리사와 아이나의 생일이었기에 저녁에 신조네에서 축하할 예정이었다.

마침 오늘과 내일이 쉬는 날이기도 해서 오늘은 생일을 축하한 후에도 함께 있을 수 있도록 신조네에 머무를 생각이었다.

"음…… 무조건 들켰겠지."

오늘이 다가올수록 나는 더더욱 안절부절못했고, 그 변화는 이번 일과 전혀 상관도 없는 친구들에게도 전해졌을 정도였다. 나를 유심히 관찰하는 두 사람이 눈치채지 못했을 리가 없다.

그럼에도 그녀들은 구체적인 것은 묻지 않았다.

"역시 몇 번을 생각해도 감회가 새롭네."

내가 여자아이의 생일을 축하하는 날이 오다니, 자꾸만 이상한 기분이 들었다.

또 한편으로는, 이런 식으로 아리사와 아이나를 생각하게 된 것은 최근의 일이지만, 노는 시간이 줄어들어 아쉽다고 말해 주는 두 절친도 떠올랐다.

"계속 불러주는데 번번이 거절하고 있으니 좀 미안하단 말이지……."

……다음에 사과의 의미로 소타나 카이토의 집에 숙박할 겸 놀러 갈까.

아침까지 잠도 안 자고 게임만 하는 것도 재미다. 다소 피곤하겠지만, 웃음이 끊이지 않는 밤이 될 것 같다.

"자, 얼른 쇼핑을 끝내볼까."

오늘의 본무대는 저녁부터다. 지금은 단순히 물건을 사러 나와 있었다.

칫솔이거나 세제, 입욕제 등, 생활용품을 한꺼번에 사기 위해서였다.

"웃, 추워."

아직 2월이라 바람이 쌀쌀했다.

몸의 떨림을 억누르듯 목에 두른 목도리를 조금 세게 둘렀다. 하지만 당연히 이런 것으로 추위를 이겨낼 수 있을 리 만무하다.

몸의 떨림은 참을 수 있어도 이가 따닥따닥 소리를 내는 건 어쩔 수 없었다. 윗니와 아랫니가 닿지 않도록 아슬아슬한 선을 유지하려고 하면 오히려 따닥따닥 소리가 멈추지 않는 게 좀 재미있다.

"빨리 살 거 사두고 파티를 준비해야지."

나는 바로 쇼핑을 시작했다. 뭐, 생필품은 슈퍼 한 곳만 가도 대부분 다 갖추고 있었기 때문에 여러 가게를 돌아다닐 필요 없이 쇼핑 자체는 금방 종료되었다.

양손에 쇼핑백을 들고 걷다가 아이스크림 매장을 발견했다.

겨울에 먹는 아이스크림은 나름의 묘미지, 그래서 나는 바로 매장에 가서 민트초콜릿 아이스크림을 샀다.

"음…… 맛있다."

입안에 퍼지는 차가움과 초콜릿의 달콤함, 그리고 민트의 맛이 절묘하게 어우러진 최고의 조합…… 이어지는 이 추위도 하나의 향신료처럼 더해져서 민트초콜릿 아이스크림의 맛을 한층 더 돋보이게 해 주는 느낌이다.

"응?"

그렇게 아이스크림을 먹고 있는데 스마트폰으로 메시지가 왔다. 아이나였다. 뭐지?

"……큽?!"

별생각 없이 그것을 본 순간, 나는 크게 목이 멜 정도로 놀랐다.

"형…… 괜찮아?"

"괜찮으세요?"

"아, 네……. 괜찮습니다."

아이스크림을 사려고 하던 부모와 아이가 함께 걱정할 정도로 화려하게 놀랐나 보다. 그보다 괜찮다고 했는데도 어린 남자아이는 아직 걱정스러운 얼굴이다.

'미안하다, 소년. 미안해요, 아주머니. 내가 뿜을 뻔한 이유는 절대 알려줄 수 없는 거야!'

그도 그럴 것이…….

아이나의 메시지와 함께 사진이 한 장 첨부되어 있었는데, 아리사가 옷을 갈아입는 도중의 사진이었다.

검은색의 다소 어른스러운 레이스 속옷이 드러나 있다. 아리사가 카메라에 시선을 돌리지 않은 것으로 보아 아마 기습적으로 찍은 사진이 아닐까……. 응, 이런 사진을 보고 목이 막힌 나머지 모자가 걱정하고 말았다. 당연히 말할 수 있을 리가 없다!

『이거 봐! 언니가 이런 엄청난 옷을 입고 있어! 야하지!』

야하다……! 아니, 이게 아니라!

나는 스마트폰을 누구보다 빠르게 주머니에 넣고, 모자에게 다시 한번 시선을 돌렸다.

"정말 괜찮습니다! 걱정 끼쳐서 죄송합니다."

정말 괜찮다고 말하며 웃는 얼굴로 고개를 숙였다.

남자아이도 엄마도 안도한 표정을 지었다. 생면부지 인간에게 이 얼마나 다정한 모습인가, 그것에 감동하면서도 스스로가 너무 한심해서 울고 싶어졌다.

"……돌아가자."

아이스크림을 깔끔하게 다 먹은 나는 짐을 들고 일어섰다.

지금은 점심 전…… 이왕 나온 거 가볍게 점심 한 끼를 때우려고 라멘집으로 발길을 돌렸다. 오랜만이라 그리움에 젖으며 간장 라멘을 홀짝였다.

"또 오세요~!"

쇼핑도 하고 배도 채웠고, 나는 이번에야말로 집에 가려고 했다. 하지만 아리사와 아이나의 생일에 대한 시련인지, 결코 무시할 수 없는 광경과 마주하고 말았다.

"사에키……?"

사에키가 체격이 좋아 보이는 남자…… 얼굴을 봐서는 아마 또래가 아닐지 싶은데, 남자에게 팔이 잡혀 골목으로 끌려갔다.

"어…… 위험한 거 아냐?"

그렇게 중얼거린 순간, 이미 내 발은 골목을 향하고 있었다.

두 사람을 목격한 사람이 몇몇 있었음에도 하나같이 못 본 척하며 외면하는 것이 상당히 열받긴 했지만, 누구라도 자진해서 귀찮은 일에 관여하고 싶지는 않을 것이다.

애초에 사에키가 따라가는 것에 동의했을 가능성도 있다. 그렇지만 남자의 팔을 뿌리치려고 했으니 그럴 가능성은 작을 것 같았다. 좋아, 가자.

"……뭐야?"

사에키가 사라진 골목으로 가려던 순간, 내 시선을 잡아끄는 물건이 있었다.

어린아이들이 좋아할 법한 가면 가게였다. 거기에 아무도 사지 않을 것 같은 호박 모양의 가면이 내 시선을 강하게 끌었다. 핼러윈 때 썼던 것과 다르게 고무줄로 쓰는 가면이었다.

'뭐, 뭐지. 가면에서 눈을 뗄 수가 없는데?'

가면이 마치 보랏빛 오라를 뿜어내며 날 지켜보는 것만 같았다.

눈 주위의 무늬나 색깔도 핼러윈 가면과 거의 비슷했다. 깨닫고 보니 나는 가면을 손에 들고 천 엔짜리 지폐를 계산대에 두고 있었다.

"소, 손님, 거스름돈은……."

"나중에 다시 올게요! 급해서요!"

어쩌면 돌아오지 않을 가능성도 있을 것 같지만.

아직도 등 너머로 나를 부르는 소리가 들려왔지만, 나는 미안함을 느끼면서도 사에키에게 향했다. 그리고 왜 이런 곳에 사에키가 끌려왔는지 금세 이해했다.

"사에키, 부탁이야. 나 진짜로 사에키 네가 좋아!"

"그러니까 난 그럴 마음이 없다고 했잖아?! 학교에서도 끈질기고, 오늘도 우연히 만났을 뿐인데 이런 곳까지 데려오다니!"

······아, 과연 그렇게 된 건가 하고 나는 납득했다.

지금의 대화는 무척 짧았지만 아마 그 남자애는 사에키와 같은 학교의 동급생인 거겠지?

'나는 이런 일과 얽히는 운명이라도 있는 건가. 저 상대도 꽤 끈질긴 것 같은데······.'

아리사와 아이나의 고백 현장 때도 그랬지만 얼마 전 아이나 때도 상대는 바로 물러났다.

하지만 이 남자는 끈질기게도 사에키의 어깨에 얹은 손을 뗄 생각이 없어 보였다. 그뿐만 아니라 그는 사에키의 말에 조금도 귀를 기울이지 않았다.

"달리 좋아하는 사람이 있는 거야?! 대체 누군데!"

"끈질기게 정말! 설령 있다고 해도 너랑은 아무 상관 없잖아!"

"윽······! 어째서냐고! 젠자아아아앙!"

질투에 미친 인간만큼 추악한 것도 없지만, 이러한 행동이 더욱 상대에게 상처를 주고 본인에게 혐오감을 품게 한다는 것을 저 녀석은 알지 못하는 건가?

그렇다고는 해도 설마 내가 이런 상황을 직관하게 될 줄은 몰랐다. 이러한 다툼 같은 것은 뉴스에서 자주 보긴 했지만, 실제로 이런 일을 마주하다니.

"일단 생각은 나중에. 이미 끝난 인연이지만 못 본 척하고 싶지는 않아. 나는 그런 박정한 사람이 되고 싶지 않거든."

나는 호박 가면을 얼굴 위에 썼다.

그 순간, 마치 의식이 바뀐 것처럼 냉정해졌다. 마치 신조네에 강도가 들었을 때, 그녀들에게 갔을 때와 같은 감각이다.

"적당히 해."

"어?"

"뭐, 뭐야, 넌……."

소리를 내자 두 사람…… 특히 남자 쪽이 크게 몸을 떨었다.

사에키는 눈을 동그랗게 뜨고 나를 바라보았고, 남자는 어떻게 보아도 '이건 또 뭐야' 하는 불쾌한 표정이었다.

"일단 이야기는 처음부터 다 들었어. 상대방이 싫어하는데 억지로 그렇게 몰아붙이는 건 그만두는 편이 좋을 것 같은데? 그럼 오히려 상대한테 더 미움만 받지 않을까? 어쩌면 있을지도 모르는 미래의 가능성마저 지금 없애고 있다는 걸 왜 깨닫지 못하는 거야?"

"뭘 안다고 참견질이야!"

남자는 침이 튈 정도의 기세로 그렇게 소리쳤다.

그래, 나는 외부인이고, 이 상황에 나설 자격은 없을지도 모른다. 하지만 이 참견은 결국 내가 원해서 하는 일이다.

과거의 인연. 기껏해야 전여친. 그마저도 금방 끝나버린, 희박한 관계. 하지만 나는 모른 척하고 싶지 않다.

"그러면 외부인이 끼어들 정도로 소란 피우지 말라고. 그 애가 좋다면서 왜 그 애가 싫어할 짓을 하는 거지? 왜 그렇게 이기적으로 구는데?"

거기까지 말하자, 그는 사에키에게서 손을 떼고 내게 완전히 시선을 고정했다.

사에키는 이 틈에 빨리 도망치면 좋겠는데, 그녀는 멍한 얼굴로 그 자리에서 움직이려고 하지 않은 채 나와 그를 빤히 바라보았다. 답답하긴 하지만 확실히 갑작스러운 상황이 벌어지면 몸이 쉽게 움직이지 않는 것도 어쩔 수 없다.

"시끄러워…… 날려버리겠어!"

주먹을 치켜올리며 그가 나에게 다가왔다.

이대로라면 확실히 싸움이 나겠구나, 그런 복잡한 생각이 들었지만 역시 이렇게 가면을 쓴 탓인지 마음은 굉장히 평온했다.

아까도 생각했지만, 그는 체격이 좋았기에 싸움에는 자신이 있을지도 모른다.

"……하아, 진짜로 귀찮게 됐네."

그렇게 말하며 작게 한숨을 내쉬자 무시당했다고 생각했는지,

그가 더더욱 나를 노려보더니…… 단숨에 이쪽으로 달려들었다.

"위험해!"

사에키가 비명을 지르듯 소리쳤지만, 나는 무심하게 근처에 있던 쇠 파이프를 집어 들었다.

오해가 없도록 미리 말하자면 딱히 이걸로 때리려는 건 아니다. 상대를 다치게 할 생각은 추호도 없다. 적당히 휘두르며 위협하면 상대가 알아서 물러날 거다.

"하아아아압!"

검도의 경험을 떠올리며 소리친 나는 쇠 파이프를 그의 얼굴 앞에서 아슬하게 멈추었다.

"으……."

갑자기 쇠 파이프를 휘둘러서 놀란 모양인지, 그는 굳은 것처럼 움직이질 않았다.

쇠 파이프를 내리고 그에게 다가가자, 그는 겁에 질린 얼굴로 황급히 도망갔다.

"그렇다고 괴물을 본 것처럼 도망갈 건 없잖아……."

생각과는 달랐지만, 어쨌든 그는 물러났다. 뭐, 됐나.

후우, 하고 작게 숨을 내쉬었을 때, 약속이라도 한 것처럼 나에게 가면을 팔았던 가게 사람이 달려오며 등장했다.

"잠깐, 손님! 거스름돈을 안 받으시면 제가 곤란하다고요!"

"아, 그…… 네. 죄송합니다."

역시 영화처럼은 안 되는구나.

아무래도 여기 오기까지 여러 사람에게 물어보며 쫓아온 모양이었다. 정말로 미안했기에 나는 바로 고개 숙여 사과했다.

나, 어쩐지 오늘 하루 종일 사과만 하는 거 같지 않아?

그나마 다행인 점은 가게 사람이 딱히 화를 내지 않았다는 것이다.

"그럼 전 이만 가게로 돌아갈게요. 손님, 멋지셨어요."

"아니……."

점원은 손을 흔들고는 재빨리 떠났다. 저 반응을 보니, 점원도 봐버린 걸까…….

그렇게 골목에 우리 둘만 남았다. 내가 먼저 말을 걸려던 참에 저쪽이 먼저 입을 열었다.

"목소리를 듣고 혹시나 했는데, 도모토야?"

"……응."

신조네 사건 때의 나는 거의 타인이었지만, 서로 이야기해 본 적이 있다면 목소리로 정체를 알아도 이상하지 않다.

가면을 벗고 얼굴을 보여주자 사에키는 살짝 놀라더니 이내 다시 말을 이었다.

"역시 도모토였구나……. 저기, 도와줘서 정말 고마워."

"신경 쓰지 마. 지나가다 우연히 봤을 뿐이야. 그런데 아까 그 녀석은 아는 사이야?"

"그게…… 같은 고등학교 동급생이야. 한때 잠깐 사이가 가까웠던 적이 있는데. 그 후로 저렇게 됐어."

"······설마, 스토커야?"

"그 정도는 아니야. 하지만 오늘은 우연히 만나자마자 바로 여기로 끌려온 거라······. 그동안엔 이런 일이 없어서 조금 당황했어."

그리고 좀 더 자세한 이야기를 들을 수 있었다.

좀 사이가 가까웠던 시기라는 것은 사에키의 기준으로 조금 대화를 자주 나눴다는 정도로, 결코 특별한 감정이 있었던 것은 아니었다. 그저 평범한 같은 반 남자애 중 한 명이었던, 실로 흔하디흔한 상황.

"······뭐, 내 잘못이지. 이렇게 되기 전에 더 강하게, 확실하게 거절했으면 포기했을지도 모르는데."

글쎄, 어떠려나······. 어쨌든 딱히 무서워하는 기색은 없는 것 같아 안심했다.

"왜 그래? 그렇게 한숨을 내쉬고."

"별거 아니야. 내가 보기에는 여기에 억지로 끌려온 거 같았는데, 혹시 이번 일로 트라우마가 생겼으면 어쩌나 했거든. 그런데 뭐, 괜찮은 것 같네."

상대는 동급생이고 실제로 손을 댄 것도 아니니까. 내가 지나치게 걱정한 걸 수도 있다.

뭐, 실제로 가까이에서 공포에 떠는 여자를 본 적이 있으니까, 결국은 무시할 수는 없었겠지만. 그래서 생각보다도 몸이 먼저 움직였는지도 모르겠다.

그러자 사에키가 미소 지었다.

아이나를 닮아 조금은 화려한 외모와 은은함이 느껴지는 그 미소에 마음을 빼앗기는 남자도 있을 것이다.

"그건 괜찮아. 오히려 앞으로는 더 강하게 말하라는 하늘의 계시를 들은 기분이야."

"그러면 다행이고."

"……고마워, 도모토. 진심으로 걱정해 줬구나?"

"당연하지."

그런 말을 주고받은 후, 누가 먼저랄 것 없이 우리는 서로 웃었다.

이런 그늘진 곳에 너무 오래 있는 것도 좋지 않을 것 같아 우리는 함께 골목에서 바깥 거리로 나왔다.

"……후우."

"잠깐만 기다려."

한숨을 내쉬는 사에키를 본 나는 자판기로 달려가 따뜻한 홍차를 사 왔다.

"받아."

"고마워."

홍차를 사에키에게 건네자, 그녀는 손을 따뜻하게 데우듯이 손바닥으로 굴렸다.

나도 사 온 내 홍차를 마시면서 차가워진 몸을 따뜻하게 데웠다. 그러고 보니 사에키와 단둘이 있는 건 오랜만이군.

"……중학교 이후로 처음이네. 이렇게 둘이 있는 건."

"나도 마침 같은 생각을 했어."

"후후, 그래?"

서로 천천히 홍차를 마시면서 마음을 좀 진정시켰다.

그러던 중 그녀가 내 쇼핑백과 그 안에 들어 있는 호박 가면을 보고 당연한 의문을 제기했다.

"쇼핑 중이었어? 근데 왜 호박 가면이야? 도와준 건 기쁘지만, 가면 쓴 사람이 튀어나왔을 때는 좀 당황스러웠는데."

"⋯⋯."

그것에 관해서는 모른 척했으면 좋겠다.

내가 입을 다물자, 사에키는 눈치껏 더 캐묻지 않았다. 대신 다른 질문이 날아왔다.

"도모토, 혹시 여친 생겼어?"

"왜⋯⋯?"

왜 갑자기 그런 질문을⋯⋯. 놀라는 나를 빤히 쳐다보면서 사에키가 말을 이었다.

"뭐랄까, 그냥 그런 느낌? 네가 나섰을 때의 눈빛에 그런 분위기가 있었어. 무척 상냥하고, 굉장히 배려심 가득한 눈빛이."

"⋯⋯."

확실히⋯⋯ 확실히 나는 사에키를 도운 순간 그녀들을 도왔을 때의 일을 떠올렸다.

잠시 생각한 후 나는 고개를 끄덕였다.

"얼마 전에도 비슷한 일이 있었어. 그때는 완전히 덮어쓰는 호박 가면이었지. 이런 얇은 게 아니라."

"……무슨 말인지 모르겠는데?"

"하하, 보통은 영문 모를 말이지."

당시의 현장은 웃을 수 없지만, 그때 일어난 일의 요약이 정말 이런 걸 어쩌겠는가. 뭐, 떠올려봤자 기분 좋은 일도 아니었으니 자세한 것은 이야기하지 말자.

가볍게 헛기침을 한 후 나는 말을 이었다.

"여친, 생겼어."

"그렇구나."

"응. 정말 멋진 사람이야……. 나도 설마 이렇게까지 누군가에게 푹 빠질 줄은 몰랐는데 말이지. 지금은 정말 하루하루가 즐거워."

그렇게 말하며 떠올린 것은 당연히 아리사와 아이나의 웃는 얼굴이었다.

동시에 웃는 얼굴뿐만 아니라 수줍은 듯 볼을 붉히는 모습이나 상냥하게 나를 바라보는 시선…… 그리고 무엇보다, 심장을 두근거리게 만드는 야한 표정들도 동시에 떠올라 버렸다.

"곁에 있으면 진심으로 즐겁고 행복할 수 있는 상대를 찾았나 보네."

"그래. ……이 만남에는 정말 감사뿐이야."

"아하하, 제대로 반했네."

"그만큼 멋진 아이야."

아리사와 아이나에 대해 진지하게 이야기하려면 반나절로도 부족할 것이다.

이야기를 나누며 어느새 홍차를 다 마신 사에키는 마지막으로 가볍게 웃으며 일어섰다.

"정말 멋진 일이다. 이번에 도와준 것도 그렇지만, 정말 좋아하는 사람을 생각하며 말하는 도모토가 굉장히 멋지게 느껴졌어."

"크으, 그거 미안하네. 이제는 되돌릴 수 없는데?"

"어쭈? 그래, 좋아. 그럼 나는 도모토보다 더 멋진 사람을 찾아내 주겠어!"

"⋯⋯크큭."

"에헤헤."

아아, 이러고 있으니 사귄다는 이야기 이전에 사에키와 사이가 가까워졌을 때의 일이 떠오른다⋯⋯ 아무래도 사에키도 마찬가지인 모양인지 나와 마찬가지로 계속 미소를 짓고 있었다.

"언젠가 도모토의 여친도 만나보고 싶다. 기회가 된다면 꼭 부탁해!"

"⋯⋯기회가 있으면."

하지만 그런 날이 오지는 않을 것 같다. 나와 그녀들의 관계는 평범하지 않고, 이건 사에키에게도 말할 수 없다. 조금 아쉽지만, 이것만은 어쩔 수 없지.

"앗, 벌써 이런 시간이네. 난 이만—— 앗."

"어엇?!"

사에키는 아무것도 없는 곳에서 혼자 발을 헛디뎠다.

나는 거의 반사적으로 몸을 움직여 넘어질 뻔한 그녀를 받쳐주었다. 갓 사귀었을 때는 손을 잡는 것만으로도 부끄러웠는데, 지금은 특별한 감정이 없어서 그런지 제법 여유가 있었다.

"괜찮아?"

"으, 응…… 미안해, 도모토. 내가 좀 자주 덜렁대서."

"신경 쓰지 마. 우리 할머니가 자주 그러시니까."

"잠깐, 그건 내가 할머니 같다는 뜻이야?"

"……아무것도 아닙니다."

"아, 그러셔?"

저기~ 사에키 씨?

지금 그 싸늘한 시선을 아까 그 녀석한테도 보여줬으면 일이 쉽게 풀리지 않았을까요? 몹시 무서운데……. 일단 다치지 않아서 다행이라는 말을 전해 준 뒤 사에키에게서 떨어졌다.

"저기, 잠깐 괜찮을까?"

"응?"

사에키는 내 팔을 만지기 시작하더니 오~ 하는 소리를 냈다.

"근육이 좀 붙었구나. 중학교 때랑 역시 다르네."

"요즘 근육 트레이닝을 해서 그래. 여친을 지키고 싶다는 마음으로 말이지."

"와아, 정말로 좋아하는구나."

"논하자면 반나절로는 부족할 만큼 좋아하지."

"그건 좀 깬다."

"……."

그 후 사에키와는 곧바로 헤어졌다.

사에키는 엄마에게 쇼핑을 부탁받은 도중이라며 곧바로 손을 흔들고 떠났다.

"……가끔은 이런 날도 괜찮네."

전여친이자 옛 친구…… 솔직히 더 마주쳐 봐야 어색해질 뿐이라고 생각했다. 하지만 우리는 각자 과거를 넘어서서 새로운 날들을 보내고 있었다.

그녀가 헤어질 때 남긴 말도 그렇다.

『그러고 보니까. 저번에 만났을 때 예전에 우리가 즐겁지 않았다고 했었잖아? 그건 도모토와 있는 시간이 즐겁지 않았다는 의미는 아니었어. 도모토와 보낸 시간은 무척 즐거웠으니까.』

일단 이번 일은 그 남자가 같은 학교라는 점에서 마음에 걸리긴 했지만, 체구에 어울리지 않게 소심하다고 하니 크게 걱정할 필요는 없어 보였다. 그녀도 최대한 조심할 테니 걱정은 하지 말라고 말해 주었다.

"……뭐, 뒷일은 본인 하기 나름이니까. 의외로 사에키도 씩씩해 보이니 괜찮겠지."

자, 이제 집에 짐을 두고 신조네로 가도록 하자.

▶▷

그것은 정말 우연히 보게 된 광경이었다.

"……어?"

그가…… 하야토 군이 모르는 여자아이와 즐거운 얼굴로 대화하고 있었다.

저 아이는 누구지?

같은 학교라면 감이 왔을 텐데, 조금도 기억에 없었다. 아마 다른 학교 사람인 모양이다.

"언니? 왜 그래……?"

옆에 있던 아이나도 그 광경을 보고 굳어졌다.

……있지, 하야토 군, 그 아이는 누구야?


나도 설마 그런 광경을 보게 될 줄은 몰랐다.

오늘은 나와 아이나의 생일. 하야토 군에게는 그저 축하받는 것만으로도 기뻤기 때문에 그렇게 전했지만, 그는 아무래도 우리를 위해 선물을 준비해 준 것 같았다.

너무 무리하지 않았으면 좋겠는데……. 그렇게 생각하면서도 역시 좋아하는 그가 선물을 준다고 하니 기대감이 들 수밖에 없었다. 덕분에 나와 아이나는 오늘이라는 날을 기대하고 있었다.

"……누구지?"

"……누구지?"

불쑥 중얼거린 말은 토씨 하나 틀리지 않고 겹쳤다.

나도 아이나도 그저 한 곳에 시선이 못 박힌 채 눈을 돌리지 못했다. 그런 우리를 알아채지 못하고, 하야토 군은 늘 우리를 향해 주던 웃는 얼굴을 아무도 모르는 여자아이에게 향하고 있었다.

"웃……."

알고 있다. 이런 장면을 보고도 무서워할 필요도 없고, 하야토 군을 의심할 이유도 없다.

하야토 군은 나와 아이나를 누구보다 먼저 생각해 주고, 사랑해 주고 있다는 것도 몸소 느끼고 있다. 애초에 학교에서도 다른 여자애와 대화를 나누는 모습은 몇 번이나 본 적이 있다. 하지만 저런 식으로, 우리 이외에 상대에게 저런 진심 어린 미소를 지어 주는 것은…… 속이 좁다고 생각할지 모르지만, 싫었다.

"저기, 저건 뭐 하고 있는 걸까?"

"모르겠어……."

사이좋게 대화를 나누고 있을 뿐이었지만, 곧 여자가 발을 헛디디며 자세가 무너졌다.

하야토 군은 당황하면서도 단단히 그녀를 받쳐주었고, 여자는 어쩐지 집요하게 하야토 군의 팔에 달라붙었다. ……하야토 군은 거절하지 않았다.

"바람…… 아냐, 그럴 리가 없어."

"당연하지. 그냥 아는 사이일 거야."

바람—— 그것만은 결코 있을 수 없다. 나도 알고 있다.

하지만 이 가슴에 깃든 질투심만은 완전히 억누를 수 없었다.

하야토 군 옆에 있어도 되는 사람은 나와 아이나뿐…… 하야토 군의 특별한 존재는 우리들뿐인데!

"아, 가버렸다……."

하야토 군과 이야기를 나누던 여자아이는 웃는 얼굴로 떠났다.

그런 그녀에게 하야토 군도 손을 마주 흔들어 주고 쇼핑백을 양손에 들고 걸어갔다. 그 방향은 우리, 그리고 하야토 군의 집이 있는 쪽이었으니 아마 돌아가려는 것 같았다.

"돌아갔다가 우리 집에 오는 걸까?"

"아마도. 우리도 쇼핑은 끝났으니 빨리 돌아가자."

하야토 군이 오기 전에 돌아가기 위해 나는 아이나와 함께 걸음을 서둘렀다.

돌아가는 길, 우리의 말수는 적었다. 평소 같으면 아이나가 시끄러울 정도로 화제를 던져줄 텐데 지금의 아이나는 다른 사람처럼 조용했다.

조금 시간이 지나서 아이나가 입을 열었다.

"……언니."

"왜?"

아마 생각하고 있는 것, 가슴에 품고 있는 마음은 똑같을 것이다. 그래서 나는 가능한 한 부드러운 목소리로 되물었다.

"나는 말이지, 아무것도 불안하지 않아. 하야토 군은 우릴 떠나지 않을 거고, 우리를 절대로 배신하지 않을 거야. 물론 그 반대도 마찬가지고. 하지만, 아무리 생각해도 가슴에 답답함이 남아."

"……."

자기 가슴을 누르며 처음 느끼는 감정에 혼란스러운 듯 아이나가 심정을 토로했다.

사실을 말하자면 나도 좀 당황스럽다. 아아, 질투란 이런 감정이구나 하고 명확하게 깨달은 기분이었다.

아이나가 선수를 쳤을 때나 나를 따돌리고 코스프레를 해서 하야토 군에게 먼저 보여주었을 때…… 그때도 질투는 했지만, 상대가 아이나였기 때문에 그리 크게 와닿지는 않았다. 아아, 이게 질투…… 진심으로 느끼는 질투란 이런 느낌이구나.

"아이나, 이게 질투라는 걸까?"

"그렇구나. 이게 질투구나. 언니에게 품었던 거랑은 다른 선명한 질투……. 그렇구나, 공부가 됐어."

어라? 생각보다 멀쩡한 것 같아서 안심이다.

그리고 나서 아이나는 평소의 모습을 되찾았다. 하지만 역시 우리의 뇌리에서 조금 전의 그 광경은 떨어질 생각을 하지 않았다.

그 아이는 누구일까. 하야토 군과 어떤 관계일까……?

"뭐, 하야토 군은 멋진 사람이잖아. 우리들 말고도…… 아니, 그런 건 싫어!"

"나도 싫어……. 역시 답답해."

결국 집에 도착할 때까지도 답답함은 사라지지 않았다.

걱정할 필요가 없다는 것을 머리로 알면서도, 미세한 마음의 틈을 파고들 듯이 걱정이 스며들었다.

나보다 그 애가 더 좋아……?

나보다 그 애가 더 하야토 군을 만족시켜줘……?

나보다 그 애가…… 네게 도움을 주는 걸까……?

"하아……."

몇 번이나 말하지만 걱정할 필요는 없다. 그런데도, 신경이 쓰여 참을 수 없었다.

▶▷

"생일 축하해애애애애애!"

"두 사람 다 축하해♪"

짜잔, 두둥!

자, 드디어 두 사람의 생일을 축하하는 순간이 찾아왔다──즉, 두 사람이 나와 같은 16살이 되었다는 뜻이었다.

'……감각이 어긋난 느낌이긴 한데, 16살에 이 스타일은…… 굉장하네.'

나의 시선은 기쁜 얼굴로 케이크를 바라보는 아리사와 아이나……의 가슴에 집중되었다.

"맛있겠다……!"

"자자, 어서 먹자!"

두 사람은 그런 나의 시선을 눈치채지 못하고 사키나 씨가 사온 호화로운 케이크에 시선을 모았다.

"……굉장히 맛있어 보이네요."

"후후, 모처럼의 생일이니까요. 하야토 군 때도 사줄게요."

"정말요?!"

오오, 몹시 기대된다!

그 후 우리는 사키나 씨가 잘라준 케이크를 먹었……는데 힐끔힐끔, 아리사와 아이나 두 사람에게서 시선이 느껴졌다.

'……?'

사실 오늘 이곳에 온 뒤로도 계속 이런 시선을 받았다.

신경이 쓰여서 무슨 일이냐고 물어봐도 두 사람은 평소와 같은 미소를 지으며 아무것도 아니라고 말할 뿐이었다. 대체 뭐지……! 나, 뭔가 실수했나?!

"……맛있다!"

하지만 그런 와중에도 케이크를 향하는 손을 멈출 수가 없었다.

생크림이나 빵도 당연히 맛있지만, 무엇보다 케이크 꼭대기에 얹어진 딸기가 너무 맛있었다.

"맛있나요?"

"네!"

크게 대답하자 사키나 씨는 키득키득 웃으면서도 기뻐해 주셨다.

"이거 정말 맛있다."

"응, 응. 단맛도 그렇지만 특히 이 딸기가 최고야♪"

나뿐만 아니라 아리사와 아이나도 케이크에 만족하는 눈치였다.

열심히 케이크를 먹어 치우는 와중, 나는 이후의 전개를 머릿속에서 되뇌었다.

'선물은 어떻게 건네줘야 하지? 평범하게 주면 되나……? 두 사람이 기뻐할까……? 속으로 이런 건 필요 없다고 생각하면 어쩌지……?'

절대 그럴 일은 없겠지만, 그래도 그런 만일의 일이 뇌리를 스치고 지나갔다.

그러는 사이에도 시시각각 시간은 다가왔고, 드디어 내가 준비한 선물을 건네줄 때가 왔다.

"저는 여기서 지켜보고 있을게요. 힘내세요, 하야토 군."

"네."

사키나 씨에게 꾸욱 등을 떠밀린 나는 종이봉투를 들고 두 사람 앞에 섰다.

신조네에 왔을 때 나를 보던 시선은 무엇이었는지, 힐끔힐끔 바라봤던 이유는 무엇인지 궁금하긴 했지만, 나에게는 지금 이때가 가장 중요한 시점이었다.

"……다시 한번, 두 사람 다 생일 축하해!"

"응, 고마워, 하야토 군♪"

"고마워~ 하야토 군♪"

생글생글 웃는 두 사람에게 시선을 뗄 수 없는 것도 여느 때와 같은 일이었다. 나는 등에 숨기고 있던 종이봉투 두 개를 내밀었다.

"두 사람은 선물을 신경 쓰지 말라고 했지만, 나는 그래도 준비하고 싶었어……. 꼭 받아줬으면 좋겠어."

내민 쇼핑백을 바라보던 두 사람은 나를 한 번 더 바라보고는 활짝 웃었다.

"……선물을 준비하는 건 알았지만, 이렇게 막상 직접 받으니까…… 정말 기쁘네."

"응♪ 있지, 열어봐도 돼?"

"응! ……응!"

어쩌지…… 지금 어쩌면 인생에서 가장 크게 긴장하고 있을지도 모르겠다.

표현이 과장됐을까? 두 사람에게 고백했을 때와 비교하면 이정도는 여유롭다고 말하고 싶지만…… 말하고 싶지만! 이미 다리의 감각이 사라졌나 싶을 정도로 긴장감이 엄청났다.

"이건…… 인형이다!"

"리본도 있어……! 앗, 이 색깔은!"

내가 두 사람을 위해 준비한 인형과 리본.

반응을 보니 꽤 나쁘지 않은 것 같아 다행이다.

소중하게 인형과 리본을 가슴에 끌어안은 두 사람을 보고 있으니 역시 준비하길 잘했다는 생각이 들었다. 어쩌면 애초에 기뻐할지 어떨지에 불안해할 필요는 없었을지도 모른다.

"정말 고마워, 하야토 군!"

"고마워, 하야토 군!"

……아아, 응.

이 미소를 본 것만으로 난 이제 죽어도 여한이 없을 것 같았다.

"……나 이제 죽어도 여한이 없어."

그리고 실제로 그런 말을 중얼거린 순간, 두 사람이 당황하며 소리쳤다.

"아, 안 돼, 그런 건!"

"안 되는 게 당연하지!"

당장이라도 천국에 오를 것만 같았던 표정을 지은 나를, 두 사람이 어깨를 잡고 흔들며 끌어내리려 했다.

"후후, 청춘이구나♪"

사키나 씨도 흐뭇한 얼굴로 우리를 바라보셨고, 나는 두 사람에게 미소를 지어 보였다.

"절대 두 사람을 남겨두고는 아무 데도 가지 않겠다고 했잖아. 물론 방금 그건 단어 선정이 좀 그랬지만 말이야."

"정말, 하야토 군도 참."

"하야토 군이 사라지면 우린 살아갈 수 없어!"

역시 그건 좀 오버가 아닐까……?

나는 그렇게 생각했지만, 지금 아이나의 그 말에서는 엄청난 확신에 가까운 무언가가 느껴졌고, 곁에 있는 아리사의 표정 역시 심각하게 진지했다.

공기를 바꾸듯이 크흠 헛기침을 한 뒤 두 사람의 눈을 빤히 쳐다보았다.

"나는 사실 이런 선물을 준비해 본 적이 없어. 그래서 직전까지도 불안이 이만저만이 아니었지. 하지만 두 사람의 모습을 보고 엄청 안심했어……. 정말로."

"하야토 군…… ♪"

"에헤헤, 너무 기뻐 ♪"

눈앞에서 미소 짓는 두 사람이 너무나 사랑스러워 나는 두 팔을 벌리고 두 사람을 꼭 끌어안았다.

두 사람은 내가 준 선물을 안고 있었기에 등까지 팔이 다 닿지는 않았지만, 그것을 대신하듯 한동안 내게서 떨어지지 않았다.

'……혹시 기분 탓이었나?'

아까 그 시선의 의미는 대체 뭐였지……? 으음, 이 모습을 보면 괜찮을 것 같기도 하지만, 일단 마음 한쪽에는 담아두자.

그 후 내게서 떨어진 두 사람은 다시 한번 선물을 뚫어지게 바라보았다.

그런 그녀들을 나도 바라보고 있는데, 이번에는 사키나 씨가 종이봉투를 손에 들고 내밀었다.

"내가 주는 선물은 이거란다. 올해는 좀 성숙해진 레이디를 위한 선물이야."

"……호오?"

성숙해진 레이디를 위한 선물……! 어쩐지 내가 더 내용물이 신경 쓰이는데.

그런데 아무래도 아리사와 아이나는 짐작이 가는 것인지 스윽 내용물을 꺼냈고…… 그리고 그것을 본 나는 빠르게 시선을 돌리고 말았다.

"으……?!"

두 사람이 꺼낸 건 속옷이었다.

나는 여성의 속옷에 대해 전혀 모르지만, 꽤나 가격이 비싸다는 말은 들어본 적이 있다…… 순간적으로 보긴 했는데 뭔가 엄청 비쌀 것 같다고 막연하게 생각했을 정도다.

"고마워요, 엄마."

"아하하, 승부 속옷이다!"

뭐라고?!

……힐끔, 나는 속옷을 손에 든 그녀들을 바라보았다. 아리사가 빨간색이고 아이나가 보라색. 전형적인 어른 같은 느낌이 드는 배색에 조금…… 아니, 많이 두근거렸다.

나와 사키나 씨가 건넨 선물을 계속 소중하다는 듯이 끌어안고 있는 두 사람 앞에서 다시 한번 그녀들에게 축하의 말을 전했다.

"축하해, 아리사, 아이나."

"아리사, 아이나. 생일 축하해."

두 사람은 생긋 웃으며 내가 가장 좋아하는 미소를 지었다.

"그래, 고마워 ♪"

"응! 고마워 ♪"

또다시 죽어도 여한이 없다고 생각하며 선물을 방에 두러 간 두 사람의 등을 배웅한 나는 또 하나의 중요한 상황을 앞두고 마음을 다잡았다.

"사키나 씨."

"네?"

아마…… 사키나 씨는 이후의 일을 전혀 예상하지 못했을 것이다.

그 증거로, 남겨진 마지막 종이봉투를 손에 쥔 나를 그녀가 동그랗게 뜬 눈으로 보고 있었다.

"실은 사키나 씨에게 드릴 선물도 준비해 뒀어요. 생일은 아니지만, 평소의 보답을 하고 싶어서요."

"……저한테도요?"

"네."

사키나 씨에게 준 인형은 여우였다.

성인 여성에게 주는 선물로는 좀 그렇지만, 옛날에 남편분께 선물을 받았다는 말을 듣고 그것을 참고했다.

인형을 뚫어지게 바라보던 사키나 씨는 아리사와 아이나처럼 소중하다는 듯이 가슴에 끌어안고 미소 지었다.

"……고마워요, 하야토 군. 정말…… 정말 기뻐요♪"

아리사와 아이나와 마찬가지로 사키나 씨의 웃는 모습도 나의 추억 속의 하나로 강렬하게 새겨졌다.

그런 식으로 축하의 여운을 즐기면서도 시간은 흘러갔고——잠들게 될 방이 아리사의 방으로 정해진 후, 나는 아리사와 아이나에게 내몰려 있었다.

"두 사람 다……?"

"……어때?"

"……어울려?"

곧바로 두 사람은 사키나 씨에게 선물 받은 속옷을 입고 내게 보여주었다.

난방이 되고 있어 추위와는 무관한 방 안. 그래도 겨울이니까 옷을 입으라는 말이 도저히 나오지 않을 정도로, 나는 두 사람이 뿜어내는 분위기에 사로잡혀 있었다.

'왜, 왜 이런 일이 벌어진 거지……?'

애초에 조금 전까지만 해도 평범하게 대화를 나누고 있었다.

그랬더니 갑자기 서로가 짜기라도 한 것처럼 옷을 벗었고, 어느새 속옷 차림이 되어 나에게 다가오기 시작했다.

네 발로 걸어 거리를 좁혀오는 그녀들에게서 도망치듯 물러섰지만, 그녀들은 슬금슬금 거리를 좁혀왔다. 나는 결국 벽에 몰리고 말았다.

"윽……?!"

"하야토 군."

"도망가지 마."

얼굴을 천천히 가까이 대며 그녀들이 귓가에 속삭였다.

약간의 어두움이 느껴지는 목소리와 귀에 다가온 숨소리에 등이 떨리며 알 수 없는 오싹한 감각에 휩싸였다.

'이 눈빛…… 아까 그때랑——.'

그렇게 생각했을 땐 이미 다가온 두 사람의 몸이 완전히 밀착

된 상태였다.

방이 덥다. 아니, 몸이 뜨겁다. 온도 변화가 그렇게까지 크진 않을 텐데, 현기증이 날 정도의 열기가 느껴졌다.

"하야토 군, 뭔가 해 주길 바라는 거 없어?"

"하야토 군, 날 좀 더 만져줘…… 응?"

다시 한번 두 사람이 내 귓가에 속삭이며 내 손을 동시에 움켜 쥐더니, 그녀들이 지닌 풍만한 가슴 쪽으로 유혹했다.

속옷의 부드러운 질감뿐만 아니라, 그 위로 느껴지는 두 사람의 언덕…… 꾸우욱, 손이 가라앉아 가는 그 감촉은 단번에 이성을 앗아가기에 충분했다. 하지만 반대로 거기서 냉정해진 나는 두 사람에게 이렇게 말했다.

"……무슨 일 있었어? 뭔가, 그…… 어쨌든 대체 무슨 일이야?"

위화감이 느껴지는 그녀들의 눈빛, 그리고 어딘가 궁지에 몰린 듯한 두 사람의 무언가를 느낀 나는 이런 말을 묻고 있었다.

내 물음에 두 사람은 깜짝 놀란 얼굴을 지으면서도 결코 내게서 떨어지지 않았고…… 그…… 기뻐해야 할지 당황해야 할지는 모르겠지만, 내 두 손은 계속 그녀들의 가슴에 닿은 채였다.

"……그렇지. 하야토 군은 언제나 우리들 걱정을 해 주니까."

"……응. 우리, 생각보다 더 초조했나 봐."

"그게 무슨…… 아리사? 아이나?"

그제야 두 사람은 내게서 떨어졌다.

다만 떨어졌다고는 해도 살짝만 손을 뻗으면 바로 닿을 만한 거리에서, 여전히 속옷 차림으로 쪼그리고 앉아 있다.

"다시 한번…… 어때?"

"저기, 잘 어울려?"

평범한 사복을 보여주며 어울려? 라고 물어보는 것과는 너무 다르지만, 여기서 제대로 대답하지 않으면 난 남자도 아니다! 하는 생각이 들었다.

"너무…… 너무 잘 어울려. 너무 야하고 귀여워서, 두 사람의 매력이 가감 없이 발휘된 느낌이랄까? 미안, 이건 늘 생각하던 거네."

말로 꺼낸 뒤에야 알았다. 이건 내가 늘 품고 있던 생각이다.

그래도 대답이 만족스러웠는지 두 사람은 얼굴을 붉히면서 미소를 지어 보였다.

"해냈어, 언니!"

"엄마한테 감사드려야겠네."

마주 보며 웃는 그녀들을 보고 있으려니 그것만으로 행복감이 차올랐다.

그래도 슬슬 옷을 입었으면 좋겠는데요, 두 분?

"둘 다…… 슬슬 옷 입는 게 어때?"

"그럴까."

"공개식은 끝났으니까."

오, 순순히 옷을 입어 주려나 보다.

좀 더 보고 싶은 마음이 없는 것은 아니지만, 이런 차림을 계속 보고 있으면 여러모로…… 그렇잖아? 그게 그렇게 돼서 큰일이 된다. 나는 이미 한계다.

"……있지, 하야토 군."

"응?"

일단 침착하게 숨을 내쉬고 있는데, 옷을 갈아입던 아리사가 나를 불렀다.

"오늘…… 낮에는 뭐 하면서 보냈어?"

"낮에?"

생필품을 샀고…… 사에키와 만났지.

거기서 약간의 소동이 있었지만, 그녀들에게 전여친과 마주쳤다고 말하는 건 좀 그렇지 않나? 딱히 숨길만 한 일은 없었지만, 굳이 전할 필요도 없을 것 같다.

"생필품이 떨어져서, 이것저것 사고 왔어. 왜?"

"그것뿐?"

"그것뿐이야."

"……."

"……왜 그래?"

"아무것도 아니야."

"아무것도 아냐~ ♪"

……? 어쩐지 잠깐 분위기가 이상했던 거 같은데.

이리하여 오늘이라는 날이 지나갔고 두 사람의 생일이 끝났다.

오늘은 나에게도 소중한 추억이 되었다. 나는 앞으로도 계속 이렇게 함께 축하할 수 있기를 마음속으로 간절히 빌었다.

"하야토 군, 내가 계속 곁에 있어도 될까? 너에게 도움이 되고 싶어, 계속 그걸 바라도 되는 거지?"

"하야토 군, 나도 계속 옆에 있어도 되지? 어딘가로 사라지거나 하지 않을 거지? 그런 일은 절대 없지?"

"당연하지. 나는 계속 두 사람과 함께 있을 거야. 그렇게 맹세했으니까."

그렇게 말하자 두 사람이 또다시 웃었다.

불을 끄고 누운 후, 나는 어둠 속이었기에 더 이상 깨닫지 못했다──두 사람의 눈빛이, 내가 신경 쓰고 있던 그 눈빛으로 바뀌어 있었다는 것을.

otokogirai na bijin
shimai wo namae
mo tsugezuni tasuketara
ittaidounaru

"……하아."

조용한 자신의 방 안에서 아리사는 한숨을 내쉬었다.

최근의 그녀는 틀림없이 행복의 절정일 텐데, 오늘만은 표정은 복잡해 보였다. 이유는 물론 하야토 때문이었다.

"……하야토 군."

불쑥 그의 이름을 중얼거렸다.

그가 곁에 있었다면 분명 무슨 일이냐고 말을 걸면서, 아리사를 안심시키기 위해 꽉 끌어안았을 것이다.

"……후훗♪"

그 장면을 생각하니, 상상만으로도 아리사는 미소가 절로 새어 나왔다.

하지만 곧 다시 괴로운 한숨이 새어 나왔다. 하야토와 함께 있던 그 여자아이가 자꾸 생각났다. 그리고 하야토는 그 일을 얼버무렸다.

"……하아."

한숨을 뱉으면 행복이 달아난다는 말이 있다. 하지만 아리사는 저도 모르게 새어 나오는 한숨을 어쩔 도리가 없었다.

무자각 속에서 다시 한번 한숨을 내쉬던 차에 아이나가 왔다.

"아이나?"

"실례할게. 언니."

197

방으로 들어온 아이나는 침대에 걸터앉은 아리사 옆에 살며시 앉았다.

아리사는 별다른 말 없이 아이나를 들였고, 아이나도 아리사에게 별다른 말을 하지 않았다. 두 사람 다 허공을 멍하니 응시한 채 시간만 하염없이 흘러갔다.

그렇게 한동안 침묵이 흐르다가, 이윽고 아이나가 먼저 폭발했다.

"으갸아아아아아아악! 언니!"

"왜 그래?!"

와락, 습격하듯 아이나가 아리사에게 달려들었다.

아리사는 아이나에게 밀려났지만, 불평하지 않고 아이나가 원하는 대로 하게 놔두었다. 언니의 얼굴로, 못 말린다는 듯이 쳐다보며 그녀의 머리를 쓰다듬었다.

"……언니."

"왜 그래?"

자, 언니에게 뭐든지 얘기해 봐. 마치 그렇게 말하는 것처럼 아리사가 미소 지으며 아이나를 바라보았다. 아이나는 그런 아리사 위에 몸을 겹치고 가슴에 턱을 얹은 채 입을 열었다.

"……하야토 군 말인데."

"아~."

하야토의 이름이 나오자, 아리사는 쓴웃음을 지었다.

마침 같은 일로 고민하는 건 쌍둥이라서 그런 걸까?

"나도 아무 걱정할 필요 없다는 건 알고 있어. 알고 있는데……
그 광경이 도저히 머리에서 떠나질 않아. 언니도 그렇지 않아?"

"……그렇지. 나도 마찬가지야."

착하지, 하고 어린아이를 위로하듯 아리사가 아이나의 머리를
쓰다듬었다.

아리사의 상냥함에 몸을 내맡기듯 풍만한 가슴팍에 얼굴을 파
묻은 아이나가 다시 입을 열었다.

"하야토 군은 물건을 사러 나갔을 뿐이라고 말했지만, 우리는
봐버렸잖아. 아무 일도 없었던 게 아니잖아."

"……"

아리사와 아이나는 그 순간을 목격했다. 그래서 하야토가 쇼핑
만 하며 보낸 것이 아니라는 것을 알고 있다. 하지만 하야토가 아
무 일도 없었다고 말했기 때문에, 두 사람은 그 사실을 더 추궁하
지 않았다.

하야토가 아무 일도 없었다고 하면 아무 일도 없던 것이다. 그
렇게 납득하려고 했지만, 그럼에도 신경 쓰이는 건 어쩔 수 없었
다. 이들은 그의 여자친구이기 때문이다.

"하야토 군을 앞에 두면 평소와 다름없는 모습으로 있을 수 있
어. 하지만…… 초조함이 사라지질 않아."

"그건 나도 마찬가지야. 지금도 하야토 군이 어떻게 하면 더 나
한테 빠질 수 있을까를 계속 고민하고 있는걸."

빼꼼 혀를 내민 아이나는 장난치듯 말하자, 아리사가 어이없다

는 눈으로 그녀를 바라보았다.

"말은 그렇게 하지만, 실은 더 빠지게 하는 정도가 아니라 어떻게 기정사실을 만들까 궁리하는 거지?"

"아, 들켰나?"

데헷, 이번에는 통 하고 머리를 두드리는 옵션도 세트였다.

그 후에도 아리사와 아이나는 하야토에 대해 끊임없이 대화를 나누었다. 그 때문인지 목이 말라 무언가 마시고 싶어졌다.

마실 걸 찾아 거실로 향하니 사키나가 있었다.

"어머, 무슨 일이니?"

눈을 동그랗게 뜨고 바라보는 사키나에게 목이 말라서 나왔다고 설명하고, 두 사람은 냉장고에서 차를 꺼내 목을 축였다.

시원한 차를 마시니 다시 기분이 냉정하게 가라앉으면서 무심코 한숨이 새 나왔다.

"하야토 군 일이니?"

"윽······."

"푸흡?!"

둘이 맞춘 듯 한숨을 내쉬자, 사키나가 대뜸 핵심을 꿰뚫었다. 아리사는 어떻게든 참은 모양이지만, 아이나는 마시던 차를 성대하게 뿜고 말았다.

물을 뿜는 순간 아이나의 얼굴은 빈말로도 소녀답다고 할 수 없는 모습이었다. 사키나가 배를 움켜쥐고 웃음을 터뜨렸을 정도로, 아이나의 얼굴은 굉장했다.

"너희 평소 모습을 보고 있으면 걱정할 필요 없어 보이고, 애초에 하야토 군의 성격을 생각하면 걱정하는 것 자체가 실례인 것 같지만…… 이것도 다 남자친구가 생겼기 때문에 할 수 있는 고민이겠지?"

"……그런 걸까요?"

"……그럴지도."

지금까지 달리 좋아했던 이성이 있던 것도 아니고, 사귄 경험도 없다. 지금 경험하는 모든 게 처음이다. 굳이 차이점을 따지자면 두 사람이 품은 하야토를 향한 마음이 너무나도 크다는 점일까.

본래라면 남자친구가 다른 여자와 즐겁게 지내면 답답한 마음이 들고 질투심이 나는 것은 당연하다.

아리사와 아이나는 하야토를 향해 절대적인 사랑과 신뢰가 있기에 걱정할 일은 없었다. 하지만 혹시나 하는 불안감이 그녀들의 마음속에 소용돌이쳤고, 흔들리지 않는 절대적인 믿음 속에 약간의 불안감이 공존하면서 심경이 복잡해졌다.

"이때 충분히 고민하는 편이 좋지 않을까? 너희의 마음이 바뀔 일은 없겠지만, 그렇게 고민할 수 있는 것도 지금뿐일지도 모르니까."

"할 수 있다면 고민하고 싶지 않아……."

"후후, 그게 사랑이란다♪"

어른의 여유와 포용력을 내뿜으며 사키나가 아이나를 끌어안아 주었다. 그리고 아리사에게도 팔을 벌리며 오라고 손짓했다. 아리사는 아이나의 뒤를 따라 천천히 사키나에게로 향하며 포옹을 받아들였다.

"뭐, 만에 하나 마음이 변하더라도, 하야토 군은 맡겨줘. 내가 너희들 대신 행복하게 해 줄 테니까♪"

"잠깐, 그게 무슨 소리예요!"

"하야토 군을 행복하게 해 주는 건 우리야!"

엄마의 온기에 젖어 있던 두 사람도 역시 그 말만큼은 참을 수 없었다.

친부모를 부모의 원수라도 보듯 노려보았지만, 아리사와 아이나는 지금 사키나의 그 말이 부추기고 있다는 것을 깨달았다.

'……엄마가 말하면 농담 같지 않아.'

'……엄마가 말하면 농담으로 안 들려.'

사키나를 경계하면서도 생각하는 건 똑같았다. 역시 두 사람은 쌍둥이다.

키득거리며 즐거운 얼굴로 웃는 사키나에게 등을 돌린 두 사람은 다시 아리사의 방으로 돌아왔다.

"언니."

"왜?"

"오늘 같이 자도 돼?"

"그럼."

그녀의 허락에 아이나는 기쁜 표정을 지었다.

그대로 침대에 누워 이불을 꼭 덮고 점점 몸이 따뜻해지는 가운데, 아이나가 씩 웃더니 아리사의 가슴으로 손을 가져갔다.

"뭐야⋯⋯."

"에헤헤⋯⋯ 전에도 이런 일 있었지?"

주물주물 아리사의 가슴을 만지작대며 아이나는 말을 이었다.

"이렇게 말이야⋯⋯ 이 가슴처럼 말랑하게 생각하라고 말한 적이 있었잖아?"

"있었지, 그러고 보니."

"그때랑 똑같아. 어려운 건 생각하지 말고, 평소처럼 우리가 더밀고 나가면 되지 않을까? 우리 이외의 그 누구도 끼어들 틈이 없을 정도로, 하야토 군이 더 우리에게 의존하게 될 정도로 말이지!"

아이나는 즐겁게 이야기했지만, 목소리에서 여전히 초조함이 묻어나고 있었다.

아리사 역시 생각하는 바가 있는지 조용히 눈을 감았다.

'나도 아이나와 똑같아. 좀 더, 하야토 군이 우리에게 빠져줬으면 좋겠어. 의지할 수 있는 건 우리들뿐이라고, 그렇게 말할 수 있을 정도가 됐으면 좋겠어. 그 사람의 세계를 차지하고 있는 게 우리들뿐이었으면 좋겠어.'

눈에 보일 정도로 무거운 그녀들의 마음은 항상 하야토만을 향하고 있다. 그의 사랑만을 원하는 동시에 그에게 사랑을 주길 원한다.

"아이나."

"왜?"

어둠 속에서 자매의 시선이 교차했다.

"나와 너는 하야토 군을 진심으로 사랑해. 그러니까 그에게 폐가 되는 일은 하고 싶지 않아. 하지만…… 좀 더 제멋대로 굴어도 괜찮지 않을까?"

"그래…… 그렇지! 우리는 좀 더 제멋대로 굴어도 돼!"

물론 하야토에게 폐를 끼치지 않는 선에서 말이다.

그 후 한동안 불안을 잊으려는 듯 하야토와의 추억 이야기로 꽃을 피우다가, 조금 야한 이야기도 나왔다.

"언니는 하야토 군과 하고 싶지 않아?"

"당연히 하고 싶어."

아이나의 물음에 아리사는 눈을 번쩍 뜨며 즉답했고, 아이나도 아이나대로 무엇을 상상한 것인지 볼을 붉혔다.

"나도 마찬가지야. 근데 필사적으로 참고 있어."

"아직 고등학생이니까. 뭐, 그래도 하야토 군이 원한다면 거절하지 않을 거야."

"응응 ♪ 당장에라도 다리를 벌릴 거야!"

"말투가 경박해, 아이나."

"미안 ♪"

악의 따위 전혀 없는 아이나의 모습에 아리사는 쓴웃음을 지으며, 내일을 위해 눈을 감았다.

이렇게 자매가 함께 잠을 청할 때는 무언가 불안한 일이 있을 때나 마음이 놓이지 않을 때 볼 수 있는 광경이었고, 하야토가 곁에 있었다면 절대 넘어가지 않았을 것이다.

그 여자는 누구야? 그렇게 물어보면 금방 사라질 일이다. 하지만 이런 경험은 처음이었고, 만에 하나라도 몰래 엿봤다고 미움받으면 어쩌나 하는 두려움이 들었다.

이렇듯 복잡한 소녀의 마음에 아리사와 아이나는 괴로워했다.

'……하야토 군, 좋아해.'

'……하야토 군, 너무 좋아.'

마음속으로는 끝까지 그를 믿고 있는데, 도저히 씻기지 않는 불안이 있다. 무거운 애정이 있기에, 아주 조금 성가신 여자아이들이었다.

▶▷

"형제여, 때가 도래했다."

"아아, 알고 있다마다, 형제여."

"……."

내 자리에 앉아 멍하니 있던 나는 친구들의 대화에 귀를 기울였다.

2월 14일——밸런타인데이. 남학생들에게는 몹시 큰 의미가 있는 날이다.

"올해는 초콜릿을 받을 수 있을까……."

"몇 개나 받을 수 있을까~!"

"몇 개……? 네놈, 여러 명한테 받을 자신이 있다는 거냐?!"

"으아아, 그 애가 준 초콜릿이 갖고 싶어어어어어!"

아침부터 교실 안은 초콜릿 운운으로 소란스러운 상태였다. 남자애들이 여자애들에게 은근히 어필하는 것이다. 물론 반응은 각양각색이다. 그걸 흐뭇하게 바라보는 여학생도, 귀찮아하는 여학생도 있다.

"하야토는 누구한테 받을 예정 있어?"

"저번에 그런 일이 있었으니까, 어쩌면 신조 여동생한테 받는 거 아냐?"

"잠깐, 남자 놈이 얼굴 들이밀지 마!"

나는 손으로 소타의 안면을 밀어냈다. 하지만 소타는 포기하지도 않고 카이토를 끌어들였다.

"쯧쯧. 소타, 친구가 돼서 그게 뭐냐. 만일 하야토가 누군가에게 초콜릿을 받으면, 적어도 우리는 축하해야지."

오오, 역시 친구는 만들고 볼일——.

"하지만, 그것도 초콜릿을 받았을 때의 이야기지. 그래서 가망이 어떠냐, 하야토!"

……카이토, 너마저!

"뭐, 나도 받을 수 있으면 좋겠다만…….."

말은 이렇게 했지만, 사실 받는 건 거의 확실하다. 아이나, 아리사, 그리고 어쩌면 사키나 씨도.

『초콜릿 기대해 줘.』

『애정이 듬뿍 담긴 초콜릿을 만들어 줄게!』

밸런타인은 며칠 뒤인데, 바로 얼마 전에 이런 기쁜 말을 이미 들었다.

정말 오래전…… 엄마에게 초콜릿 과자를 받았던 것과 중학생 때 사에키를 포함한 반 친구들에게 작은 초콜릿을 받은 적이 있다. 참고로 사에키와는 그때 사귀지 않았었기 때문에 당연히 의리 초콜릿이었다.

'하지만 올해는 달라…… 다르다고!'

소타와 카이토가 눈치채지 못하게 시선을 아래로 향했다. 아마도 지금의 나, 굉장히 히죽거리는 얼굴이겠지.

어제 애니메이션은 어땠느니, 예능 방송이 어땠느니 하며 대화꽃을 피우는 두 사람은 내 모습을 알아차리지 못했다. 지금은 그 사실이 무척 감사했다.

'하지만, 하지만…….'

히죽거림이 나오는 것이 당연할 만큼 너무나 기대되는 밸런타인이라는 이벤트를 앞둔 지금…… 조금 신경 쓰이는 것이 있었다.

"……미안, 화장실 좀 다녀올게."

"그래~."

"흘리지 마라~."

쓸데없는 참견하지 마, 그렇게 말하며 일어나 교실을 나왔다.

"하아……."

작게 한숨을 내쉬었다.

아무리 작은 고민이라 해도 그들은 알아차릴 것이다. 기쁘게도 나를 늘 유심히 봐주고 있으니까. 그러니 그런 식으로 장난치며 대화하는 와중이라도 금세 표정을 바꾸고 나를 걱정해 주겠지……. 그것에 고마움을 느끼는 한편, 너무 걱정을 끼치고 싶지 않다는 것이 본심이었다.

"화장실도 가야 하지만, 그전에……."

사실 교실에서 나온 진짜 목적은 따로 있었다.

그녀들…… 아리사와 아이나가 있는 교실을 지나면서 창문으로 안쪽을 언뜻 보았다.

"……있다."

두 사람은 여전히 많은 친구에게 둘러싸여 있었다.

무슨 말을 하는지는 들리지 않았지만, 저 미소를 보니 두 사람다 즐거워 보였다.

그래, 내가 신경 쓰는 것은 그녀들에 대한 것이다.

내 기분 탓일 수도 있지만, 두 사람의 생일이 끝난 뒤로 모습이 이따금 불안정하게 보였다.

『좀 더 하야토 군에게 도움이 되고 싶어……』

『좀 더 하야토 군과 붙어 있고 싶어…….』

말만 들으면 나를 많이 좋아해 주고 있다. 기뻐할 일임은 분명하다. 하지만 그와 동시에 나는 두 사람에게서 묘한 초조함을 느꼈다.

"……으음."

화장실에 도착한 나는 해방감을 느끼며 용무를 마쳤다.

이 와중에도 머릿속은 그녀들에 관한 것뿐. 화장실에서 볼일을 끝내고 교실로 돌아오는 길에 다시 그녀들을 힐끔 바라보았다.

"앗."

문득 아리사와 시선이 교차했다.

학교에서는 서로의 관계를 비밀로 하고 있었기에 다른 사람의 눈이 있는 곳에서 연인 간의 대화를 나누는 일은 없다. 하지만, 이 순간에는 그녀가 나에게 윙크를 해 주었다.

"……하하."

이런 행동을 보면 지금 고민하는 것이 자신의 착각이 아닐까 하는 생각이 들었지만, 이럴 때 느끼는 감은 의외로 잘 맞는다. 그런 생각이 들었기에 더더욱 기분 탓이라는 말로 끝내고 싶지 않았다.

그렇지만 두 사람에게 은근슬쩍 물어봐도 말을 피하기만 하고……. 아니, 정말 내 생각이 지나친 건가?

"……헉, 큰일이다?!"

앞으로 1분 후면 수업이 시작된다는 것을 깨닫고 나는 곧바로 빠르게 걸어 교실로 돌아왔다.

그 후에도 한번 신경을 쓰기 시작하자 사고의 물결에 붙잡혀 버리듯 몇 번이고 같은 생각이 맴돌았고…… 학교가 끝난 후에도 계속되었다.

"내가 뭘 실수했나……? 짐작 가는 게 없는데?"

지금의 나에게 아리사와 아이나는 정말 소중한 존재다.

아직 열여섯 살 된 풋내기의 헛소리라고 생각할지 모르지만, 앞으로의 미래를 계속 함께하고 싶다고 생각할 정도로 소중한 사람들이다. 그런 두 사람을 슬프게 할 생각은 없고, 무엇보다 한 기억조차 없다.

"왜 그래?"

"내가 뭔가 저지른 건가 해서…… 응?"

잠깐, 나 지금 누구랑 대화하고 있는 거지?

학교에서 어느 정도 떨어지긴 했지만, 오늘은 혼자 돌아가고 있었는데……. 하지만 실제로 지금 내 뒤에 누군가의 기척이 느껴졌다. 그보다 내가 이 기척을 착각했을 리 없다.

뒤돌아보려던 그때, 눈앞이 캄캄해지며 그와 동시에 등에 말랑한 마시멜로 같은 부드러움이 느껴졌다.

"누구~게?"

"……."

솔직히 너무 쉬운 문제다.

목소리만으로도 알 수 있었다. 심지어는 등에 느껴지는 말랑함만으로도 알 수 있…… 다는 말까지는 역시 과장이라고 하고 싶지만, 그녀들에 한해서는 어째서인지 바로 알아차리고 만다. 그런 스스로가 조금 무섭긴 하지만── 뭐, 여기선 빠르게 대답하고 주가를 올려두자.

"아리사잖아?"

"……바로 아네?"

"목소리만 들어도 아니까."

"그래…… 그렇구나♪"

기쁜 목소리의 그녀…… 아리사는 내 앞으로 돌아왔다.

그동안 이런 것은 아이나의 전매특허라고 생각했던 만큼, 아리사도 이런 장난을 하는구나 싶어 조금 의외였다.

"아이나는?"

"친구들과 노래방에 갔어. 나는 그냥 돌아가려고 했는데, 좋아하는 남친을 발견하면 말을 걸고 싶어지는 것도 당연하지 않겠어?"

그렇게 말하며 아리사는 다시 귀엽게 윙크했다.

아리사에게서 시선을 떼고 주위를 살폈지만, 우리 외에 다른 우리 학생은 보이지 않았다. 덕분에 우리는 함께 돌아가기로 했다.

어차피 약속도 일정도 없다. 조금 뜻밖이지만 아리사와 보내도 좋을 것 같다.

"저기, 아리사…… 잠깐 같이 있지 않을래?"

"물론이지. 오히려 내가 부탁하려고 했어."

"그래?"

"응♪"

뭐, 설사 누군가가 본다고 해도 얼버무리면 그만이다.

애초에 참배 때도 그녀의 친구들이 나를 전혀 눈치채지 못하지 않았던가. ……스스로 말하니 조금 슬프지만, 어쨌든 괜찮을 거다.

'……조금 더 걷다가 물어볼까?'

이번에는 무슨 일 있냐고 직설적으로 물어볼 생각이다.

우리는 별 목적 없이 가볍게 걸었고, 지금이기에 나올 수 있는 화제인 만큼 아리사가 그 주제를 입에 담았다.

"곧 밸런타인이네. 하야토 군은 기대하고 있어?"

나는 크게 고개를 끄덕였다.

여자친구가 없을 때라면 몰라도 올해는 다르다! 그렇기에 더 기대된다. 기다리는 시간도 즐거울 지경이다.

"물론이지! 두 사람이 초콜릿을 주는 거잖아?"

"후후, 정말 기대하고 있구나."

"응!"

주먹을 불끈 쥐자 아리사가 키득키득 웃으며 나를 뚫어지게 쳐다보았다.

흐뭇하게 바라보는 것 같은, 혹은 상냥하게 지켜보는 것 같은…… 사키나 씨와 비교할 순 없겠지만, 시선만으로도 그 사람을 방불케 하는 포용력이 느껴지는 것을 보면 역시 만만치 않은 존재다.

"오늘…… 집에 올래?"

"약속도 안 했는데, 괜찮을까?"

"물론이지. 애초에 우리는 연인 사이니까 굳이 약속하지 않아도 상관없어."

그런 식으로 말해 주는 것은 정말 기쁜 일이다.

거기서 바로 돌아가지 말고 어디 카페라도 들리자는 이야기가 나왔고, 나로서도 여러모로 묻고 싶은 것이 있었기에 마침 잘됐다고 생각했다.

'좋아…… 여기서 물어보자!'

속으로 그렇게 호기롭게 외쳤지만, 거기서 갑자기 아리사가 소리를 냈다.

"앗……."

뭐지? 누군가 아는 사람이라도 있었나? 아니면 아이나? 그런 생각을 하면서 아리사가 시선을 돌린 곳을 바라본 순간── 나는 무심코 움직임을 멈췄다.

그녀의 시선은 사에키…… 친구와 사이좋게 걷는 그녀에게 향하고 있었다.

'……아리사가 왜 반응하지?'

나는 냉정하게 생각했다. 아무리 시선을 쫓아도 아리사는 사에키를 바라보고 있다.

하지만 사에키와 아리사는 아무런 접점이 없는 걸로 아는데?

"아리사, 왜 그래?"

"……아무것도 아니야."

아리사는 얼버무리며 고개를 숙였지만, 그건 무언가 있다는 뜻이나 마찬가지였다.

아, 젠장. 이럴 때 한 번에 아리사가 무얼 고민하는지 알아챌 수 있다면 좋으련만. 그러지 못하는 자신이 원망스럽다. 아니, 지금은 그런 걸 한탄할 때가 아니다.

"아리사, 일단 카페로 가서——."

"도모토?"

지금 당장 이 자리를 떠나려고 했는데, 사에키의 목소리가 먼저 들리고 말았다.

그녀가 잘못한 건 아니다. 그저 마주친 상황이 나빴을 뿐.

내가 어렵게 고개를 돌리자, 사에키가 의아한 얼굴로 나와 아리사를 바라보았다.

"안녕, 사에키……."

"응. 안녕. 그쪽이 혹시?"

거기서 사에키는 무언가를 짐작한 듯 손뼉을 쳤다.

아리사는 남들 앞에서도 겁먹는 경우가 거의 없었는데, 지금의 그녀는 모습이 이상했다.

"아리사……?"

"저기, 도모토, 그쪽이 전에 말했던 여친이야?"

그 물음에 나는 사에키를 돌아보며 고개를 끄덕였다. 그러자 아리사가 조금 강한 힘으로 내 교복을 잡아당겼다.

"아…… 저기, 미안해."

"아니, 굳이 사과할 일은……."

정말 왜 이러지……?

아리사의 모습에 고개를 갸우뚱거리는데, 거기서 사에키가 입을 열었다. 나와 아리사에게서 시선을 떼지 않고 똑바로 바라보면서.

"아, 미안. 내가 의도치 않게 방해한 모양이네⋯⋯. 그, 나는 도모토랑 중학교 동창이야. 일전에 반 친구 남자애가 날 억지로 골목까지 끌고 간 적이 있는데, 그때 도모토가 도와줬어."

"어⋯⋯?"

사에키의 말에 아리사가 멍한 표정을 지었다.

날 바라본 아리사는 이야기를 재촉하듯 다시 사에키에게 시선을 돌렸다. 사에키는 쓴웃음을 지으며 말을 이었다.

"그래서 우연히 만난 김에 오랜만에 이야기를 좀 나눴어. 그때 발을 헛디뎌서 도모토에게 한 번 더 도움을 받았는데, 여친 이야기도 그때 들은 거야. 정말 소중한 아이라고, 계속 함께 있고 싶다고⋯⋯ 다정한 표정으로 그렇게 말하더라."

"⋯⋯그랬어?"

"어, 음, 그랬지⋯⋯."

사에키의 말을 긍정하자, 아리사의 굳어 있던 표정이 서서히 풀어졌다.

이윽고 아리사는 안심한 얼굴로 휴우 숨을 내쉬더니, 지나가는 말투로 절대 흘려들을 수 없는 말을 했다.

"그랬구나⋯⋯ 그때 본 건 그런 거였구나."

"그, 그걸 봤다고?!"

이게 무슨 일이야?!

당황하는 나를 개의치 않고 사에키가 키득키득 어깨를 떨며 웃었고, 지금의 우리에게 일어난 어긋남에 종지부를 찍어 주었다.

"어쩐지 그럴 거 같았어. 여친이 어쩌면 우연히 그날 우리 모습을 본 게 아닐까, 그래서 혹시 무슨 일이 있을지도 모른다는 오해를 한 건 아닐까, 하고."

아리사는 얼굴을 붉히며 약간 촉촉해진 눈동자로 고개를 끄덕였다.

그런 아리사의 표정을 본 순간, 나는 크게 놀랐지만…… 그 이상으로 아리사뿐만 아니라 아이나에게도 큰 죄책감을 느꼈다.

'내가 아리사와 아이나에게 거짓말을 한 게 됐구나.'

애초에 전여친에 관한 일이었고 자진해서 말할 필요는 없다고 생각했는데……. 그때의 일을 보고 있었다면 나는 거짓말을 한 셈이 된다.

쓸데없는 걸 신경 썼다가 괜히 더 불안하게 만든 건가?

"미안해…… 아리사. 내가 그때 거짓말을——."

"괜찮아, 전혀. 애초에 아무 일도 없다는 걸 알았으니까!"

"어어, 그래……?"

아리사는 마치 아무 일도 없었던 것처럼, 갑자기 자신감이 넘쳐 보였다.

보는 이들 모두를 사로잡는 듯한 단정한 이목구비를 기쁨으로 가득 채운 아리사가 꽃 같은 향기로움이 풍길 것 같은 얼굴을 바짝 들이대자, 나는 사에키가 곁에 있다는 사실조차 잊고 현기증을 느낄 뻔했다.

"아하하♪ 잘 어울리네, 두 사람 다. 옆에 있는 것만으로 내가 다 후끈거려!"

으아아아아아아아니, 잠깐! 우선 정보를 정리할 시간을 좀 줘! 마음을 가라앉힐 시간이 필요하다고!

"역시 그렇지⋯⋯! 불안하게 생각할 건 아무것도 없었던 거야."

"아, 아리사 씨?"

중얼거리던 아리사가 내 팔을 끌어안았고, 거기서 그치지 않고 뺨을 어깨에 짓누르듯 부드럽게 문질렀다.

사에키는 둘째치고 길거리에서 학교 친구들이 볼지도 모르는데⋯⋯ 지금의 아리사는 주위의 시선은 조금도 개의치 않는 모습이었다.

"이렇게 귀엽고 예쁜 여친이 있으면 도모토가 그렇게 말한 것도 납득이 가네. 절대 놓치지 마라?"

"알고 있어⋯⋯ 고마워, 사에키."

"감사는 무슨. 그럼 난 갈게."

손을 흔든 사에키는 친구들에게 돌아갔고, 그러고는 더 이상 이쪽으로 시선을 돌리지 않고 걸어갔다.

사에키를 배웅한 뒤 다시 카페로 향했다.

차가운 몸을 따뜻하게 데우기 위해 홍차를 주문하고, 단 음식도 필요할 것 같아 케이크도 주문했다. 그리고 우리는 그날의 일에 대해서 대화하게 되었다.

"아리사…… 보고 있었구나? 아이나도?"

"응, 우연히 봤어. 사이좋게 대화하다가 넘어질 뻔한 그 아이를 부축해 주고…… 그 후에 팔을 만지던 모습도."

"……."

이거…… 바람을 의심받아도 할 말이 없는데요.

물론 나는 그럴 생각이 전혀 없었고, 두 사람이 나를 신뢰해 준 덕분에 오해가 번지지도 않았지만…… 요즘 상태가 이상했던 이유가 이거였다니. 마음의 응어리가 사라진 기분이다.

"사실은……."

"뭔데?"

지금이라면 그 일을 전해도 되지 않을까…… 그렇게 생각하고 말을 이었다.

"그 애…… 사에키 아이카라고 하는데. 중학교 때 사귀었던 애야."

그렇게 말하자 아리사는 조금 놀란 듯 눈을 동그랗게 떴다.

테이블 위에 놓여 있던 내 손에 그녀의 손이 겹쳐졌다. 이야기의 다음을 재촉하는 동시에 기죽지 말라고 은연중에 전해 주는 것 같은 기분이 들었다.

"사에키에게 했던 말은 모두 사실이야. 이름은 밝히지 않았고 연인이 두 명 있다는 사실도 전하지 않았지만…… 정말 소중하고, 앞으로 계속 함께 지내고 싶다는 마음은 진짜야."

"……그랬구나."

"응, 그래서…… 생일날 밤에 두 사람에게 그 질문을 들었을 때, 나는 지금의 연인에게 전여친 화제를 꺼내는 건 좀 아니라고 생각했어. 전여친이라는 말 외에 달리 다른 표현이 있었을지도 모르지만, 괜히 더 까다로워질 것 같아서. 그런데 그게 오히려 두 사람을 불안하게 만들었을 줄은 몰랐어."

"그건……."

아까는 괜찮다고 말했지만, 결과적으로 내가 그녀들을 불안하게 만든 것은 사실이다. 무슨 일이 있는 것은 아닌지, 뭔가 숨기고 싶은 것이 있는 것은 아닌지…… 그런 생각을 하게 만든 것 아닌가.

"정말 미안해……. 맹세코 아무 일도 없었어, 그것만은 믿어줬으면 좋겠어."

그렇게 말하자 겹쳐 있던 아리사의 손이 내 손을 꽉 움켜쥐었다.

"나야말로 미안. 괜찮다고 자신에게 타일러도, 마음속 어딘가에서는 계속 신경이 쓰여서 견딜 수 없었어……. 그래서 결과적으로 하야토 군에게 신경을 쓰게 만들었어."

……이거, 어느 한쪽이 이 이야기를 끝내지 않으면 끝도 없이 반복하겠는데.

"괜한 오해로 번지지 않고 끝나서 다행이라고 생각하자. 뭐, 우리 사이에 그럴 걱정은 없겠지만 말이야!"

"하야토 군……! 후후, 그렇지!"

오해라고 부를만한 정도는 아니었지만, 이걸로 최근 느끼고 있

던 답답한 감정은 해소됐다고 생각해도 되겠지? 아리사도 평소
대로 돌아왔으니, 정말 이제는 괜찮은 것 같았다.

"근데, 이런 이야기 하긴 뭐하지만……."

"왜?"

"불안해진 두 사람이 평소보다 더 내 곁에 있으려고 했던 건……
이기적인 말이지만, 나는 엄청나게 좋다고 생각했어……."

"……정말, 하야토 군도 참."

나의 갑작스러운 고백에 아리사는 어이없다는 표정을 지었지
만, 이내 곧 도발하듯이 남자를 유혹하는 표정을 지어 보였다.

"말해 두겠지만 나와 아이나는 늘 하야토 군을 생각하고 있어.
만약 이성을 버리고 원하는 만큼 너와 지낼 수만 있다면…… 나
는 계속 너와 이어져 있을 거야. 나라는 존재는 너만을 위해 살아
갈 거야. 앞으로 영원히, 영혼의 예속을 원할 정도로 너와 이어져
있을 거니까."

"윽……."

그것은 명백한 도발이었다.

분위기도, 말도, 그녀의 표정도, 모든 게 나를 압도해 버릴 정
도였지만…… 그녀를 통해 생겨난 모든 감정이 내게는 기쁘게 느
껴졌다.

"……아리사는 나만의 여자야. 머지않아 반드시 도망가지 못하
도록 이어질 수 있게 만들게."

"아앗…… 아아 ♪"

내 말에 아리사는 황홀한 표정을 지었고, 성실한 신조 아리사는 더 이상 그곳에 존재하지 않았다.

그 후 카페를 나와 신조네로 향했다. 아이나에게도 이야기해 줘야 하니까. 정말로, 정말로 오해가 생기지 않아서 다행이다.

'두 사람에게 미움을 받으면, 나는 더 이상 살아갈 수 없어.'

이런 생각을 할 만큼, 나는 이미 그녀들의 색으로 물들어 버렸다.

이건 부정할 수 없는 사실이며, 두 번 다시 버릴 수 없는 감정이다.

▶ ▷

"곧 밸런타인이네……."

친구들과의 노래방을 다녀온 나는 홀로 추운 하늘 아래를 걸었다. 머릿속은 밸런타인에 관한 생각으로 가득했다.

지금까지 이성에게 초콜릿을 준 적은 없었지만, 내가 좋아하는 하야토 군을 위해 마음을 담은 초콜릿은 만들 생각이다. 물론 그냥 만드는 것만이 아니라, 여러모로 장난…… 크흠! 즐거운 시간을 제공하고 싶고, 나도 즐기고 싶어!

"……하야토 군……."

하야토 군…… 도모토 하야토 군, 나에게 정말 소중한 사람이고 사랑하는 사람…… 허락만 한다면 지금 당장이라도 그의 아이를 갖고 싶을 정도로…… 임신을 하고 싶을 정도로 나는 하야토 군을 사랑한다.

하야토 군을 생각하면 아랫배가 욱신욱신 저려온다. 연인이 되기 전에도 굉장했는데, 최근에는 더 강해져서 힘들 지경이다. 마음뿐만 아니라 몸까지 하야토 군을 원하게 되었다.

"……하아."

하지만…… 최근에는 조금 고민거리가 있다.

하야토 군과 사이가 좋아 보이던 그 아이.

"……신경 쓰지 않으려고 해도 머리에서 떨어지질 않아……! 정말! 하야토 군의 모습을 보면 그런 걱정은 필요 없다는 걸 알고 있는데!"

질투, 그리고 불안.

언니와도 이야기했지만, 내가 설마 이런 감정에 시달릴 날이 올 거라고는 상상도 못 했다. ……그만큼 하야토 군을 좋아한다는 증거겠지. 그렇게 생각하면 가슴이 조금 따뜻해진다.

"아아, 정말! 이럴 땐 자기 전에 하야토 군과 통화해서 행복한 기분으로 바꿔줘야지!"

그전에…… 에헤헤, 하야토 군을 생각하면서 기분 좋은 걸 할까♪

희미하게 남은 답답함을 가슴에 안고 집에 돌아오자, 뜻밖에 일이 벌어졌다.

"……어? 하야토 군의 신발?"

현관을 열자, 하야토 군의 신발이 보였다.

오늘은 약속도 없었을 텐데. 그때, 거실에서 하야토 군이 얼굴을 내밀었다. 나는 그를 본 순간 곧장 신발을 벗고 달려갔다.

"하야토 군!"

"어이쿠……."

가슴팍에 뛰어들면서 동시에 등 뒤로 팔을 꽉 두르며 끌어안는다.

한동안 이대로 있고 싶어…… 절대 놔주지 않겠다는 듯이 강하게, 강하게 끌어안고 나는 하야토 군의 냄새에 휩싸였다.

"응석쟁이네."

"이게 나니까~! 근데, 무슨 일이야?"

"아. 실은——."

아무래도 하교 중에 언니를 만나 그대로 집에 오게 된 모양이었다.

그러나 나는 하야토 군에게서 뜻밖의 이야기를 들을 수 있었다. 하야토 군과 사이가 좋아보이던 그 여자아이와 그날 있었던 일의 자초지종이었다.

"그, 그랬구나…… 하아!"

일의 진상을 다 알았을 때, 나는 엄청난 안도감을 느꼈다.

역시 걱정할 일은 아무것도 없었다. 하야토 군은 나와 언니를 누구보다 제일 좋아하고 있다는 것을 다시 한번 깨달을 수 있었다.

"그렇구나…… 그 애가 전여친이었구나."

"응."

"잠깐 대화해 봤는데 예의 바른 사람이었어. 기회가 된다면……. 그렇지, 중학생 시절의 하야토 군에 관해 물어보고 싶어."

"아, 그거 좋네! 나도 좀 궁금해!"

"부끄러우니까 그만해!"

나와 언니의 장난에 하야토 군이 얼굴을 붉히며 거절 반응을 보였다.

에이, 좋은 생각이라고 생각했는데……. 뭐, 그래도 남자친구가 싫어하는 짓을 하는 건 여자친구로서 실격일 테니까, 여기서는 하야토 군의 의사를 존중해 줘야겠지!

"아리사, 잠깐 도와줄래?"

"알았어."

저녁 준비를 하는 엄마의 부름을 받고 언니가 떠났다.

하야토 군과 단둘이 남은 순간을 틈타, 나는 살며시 하야토 군에게 기대어 그의 팔을 끌어안았다. 하야토 군은 이렇게 강하게 가슴 사이에 끼우듯이 안아주는 걸 좋아한다.

"읏……."

"어때? 부드럽고 따뜻하니, 최고지?"

하야토 군은 수줍어하면서도 고개를 끄덕였다.

그런 그의 모습을 귀엽다고 생각하면서, 이 수줍어하는 얼굴을 더욱더 붉게 만들고 싶다는 장난기가 발동하게 된다.

"이번 일, 아무 일도 없었고 기우일 뿐이었지만, 그래도 며칠

동안은 정말 답답했어……. 저기, 하야토 군── 나 잔뜩 어리광 부려도 되는 거지?"

"……응."

"에헤헤, 와아~ ♪"

그럼 그 말을 믿고 마음껏 어리광 부릴게~ ♪

저녁이 될 때까지 나는 질리지 않고 하야토 군에게 마음껏 달라붙어 있었다. 하지만 그 와중에 나는 또 다른 생각을 하고 있었다.

'무슨 일이 있어도 하야토 군은 이렇게 우리를 미소 짓게 해 줘. 하지만 그건 우리가 하야토 군에게 해 주고 싶은 것이기도 해.'

우리는 하야토 군 덕분에 지금 이렇게 웃으며 보내고 있다. 하지만 행복을 받기만 하는 것이 아니라 우리도 하야토 군에게 주고 싶다.

하야토 군의 몸에 무슨 일이 생겼을 때, 괴로운 일이 있을 때, 그의 의지가 되고 싶다. 언니와 함께 그런 생각을 하고 있었다.

"……뭐, 그래도 우선은."

"응?"

"밸런타인…… 기대해 줘."

"응, 기대할게."

며칠 남지 않은 밸런타인, 그날은 기억에 남는 날로 만들어줘야지!

"후우, 엄청 긴장되는데……."

2월 14일, 밸런타인데이 당일. 나는 학교가 끝난 후 잠깐 집에 들렀다가 신조네에 방문했다.

"……참 시끌벅적한 발렌타인이었지."

학교는 아침부터 꽤 소란스러웠다.

남자애들은 초콜릿을 받을 수 있을지 안절부절못했고, 여자애들은 평소 신경 쓰이던 남자애에게 줄 수 있을지를 놓고 꺅꺅 소란을 피워댔다.

"소타와 카이토도 그렇고……."

두 사람은 반 여자애들에게 의리 초콜릿을 받고 하늘로 날아갈 정도로 기뻐했다. 물론 나도 의리 초콜릿을 받아 기뻤다. 하지만 내 발렌타인은 지금부터가 진짜다.

꿀꺽, 침을 삼키고 초인종을 울렸다.

소리가 울리자마자 안에서 발소리가 들리고 현관이 열리며 아리사가 얼굴을 내밀었다.

"어서 와, 하야토 군."

"실례합니다!"

바로 얼마 전에 그런 가벼운 오해가 있었다고는 생각되지 않을 정도로 환하게 웃는 얼굴에 진심으로 안도했다.

아리사에게 이끌려 거실로 향하자, 초콜릿의 달콤한 향기가 내

온몸을 감싸듯이 맞이해 주었다.

"아, 어서 와, 하야토 군!"

"안녕, 아이나."

안에 있는 사람은 물론 아이나였다.

그녀는 그릇에 든 초콜릿을 섞고 있었는데 앞치마 차림도 아주 잘 어울렸다. 얼굴에 묻은 초콜릿이 아이나가 지닌 천진난만함을 강조해 주는 것 같았다.

"여친이 나를 위해 초콜릿을, 밸런타인 초콜릿을 만들어 주고 있어…… 아아, 이렇게나 기쁜 일이구나."

"후훗, 아직 먹지도 않았는데, 과장 아냐?"

"아하하♪ 조금만 더 기다려~!"

그 후 나는 두 사람이 초콜릿을 만드는 광경을 바라보았다.

가만히 보고만 있어도 지루하지 않은 것은 분명했지만, 난방이 잘 되기도 해서 그런지 점점 잠이 쏟아지기 시작했다.

그래도 어떻게든 잠들지 않기 위해 필사적으로 버티다가 그다음 순간── 나는 기묘한 감각 속에서 의식을 되찾았다.

"……?"

뭔가가 입안에 들어 있다…… 게다가 묘하게 달콤한데?

이건…… 초콜릿? 멍한 의식 속에서 서서히 눈을 뜨자, 얼굴을 붉힌 아리사가 내 앞에 서 있었다.

'뭐, 뭐 하는 기고!'

그렇게 마음속으로 강하게 태클을 날렸다.

그 와중에 순간적으로 입에 느껴지는 질감의 정체를 깨닫고, 무심코 깨물어서 다치지 않도록 가까스로 냉정함을 되찾았다. 내 입에 들어와 있던 건 아리사의 손가락이었다. 자기 손가락에 초콜릿을 묻혀 내 입에 집어넣은 것이다.

"……귀여워."

뭐지? 내가 손가락을 쪽쪽 빨아먹는 아기라고 생각하는 건가?

뭘까 이 감각은……. 의외로 나쁘지 않다고 생각했지만, 퍼뜩 정신을 차리고 곧바로 입에서 손가락을 뗐다.

"혹시…… 잠들었어?"

"30분 정도 잤어. 푹 자고 있길래 장난 좀 쳐봤어♪"

나로서는 굉장히 부끄러운 장난이었지만…… 뭐, 상관없지!

하지만 이렇게 아리사가 여기에 있다는 것은, 혹시 끝난 걸까?

"하야토 군 일어났어~? 네게 줄 밸런타인 초콜릿이 완성됐어♪"

"뭐??!!"

"우와아, 엄청난 속도!"

초콜릿, 이라는 그 말에 나는 바람처럼 아이나 쪽으로 몸을 돌렸다.

만족스러운 미소를 지어 보이는 그녀의 손에는 두 개의 초콜릿이 준비되어 있었고, 양쪽 다 하트 모양을 하고 있었다.

"뭐, 우리가 만든다면 당연히 모양은 이거겠지?"

"응, 응. 하트는 가장 알기 쉬운 사랑의 형태잖아!"

"……오오."

환희에 가까운, 감동의 목소리가 새어 나왔다.

화이트초콜릿 데코레이션으로 LOVE라는 글씨도 적혀 있고…… 아아, 이게 여친이 주는 초콜릿인가 싶어 당장이라도 눈물이 날 것 같았다.

"……큭! 울면 달콤한 초콜릿이 짭짤해질 거야!"

"후후, 그 정도야?"

그 정도야! 그 정도로 기쁘다고, 난!

물론 초콜릿은 이 두 가지뿐만 아니라 작은 쿠키도 몇 개 있었다.

저녁 시간 전이라서 출출함이 느껴졌지만, 초콜릿의 향을 거부할 수가 없었다.

"받아♪"

두 사람은 하트 모양의 초콜릿을 내밀었고, 나는 그것을 감동하며 받았다.

저녁 식사에 큰 영향을 미치지 않는 작은 크기였다. 두 개 다 한꺼번에 먹어도 문제는 없을 것 같았다.

뭐, 만약 학교에서 받았다면 너무 기쁘고 아까워서 바로 먹지는 못했겠지만.

"으음…… 오?!"

마, 맛있어!

지금까지 먹었던 그 어떤 초콜릿보다도 맛있다고 확신한다. 그만큼 두 사람이 만들어 준 초콜릿은 맛있었다.

"에헤헤, 만족한 모양이네?"

"다행이네. 처음이었는데. 이성에게 초콜릿을 만들어 준 거."

"응, 응♪ 하야토 군이 우리들의 처음이야!"

"응! 하야토 군은 우리의 첫 경험이야!"

······이거 별다른 의도는 없는 거겠지?

웃음이 넘치는 이 공간 안에서 이런 생각을 하는 내가 더 변태가 된 걸지도 모르겠다는 생각에 조용히 먹는 것에 집중했다.

"아니······ 진짜로 맛있어! 연인이 준 초콜릿 최고!"

승리의 포즈라도 취하는 것처럼 나는 주먹을 하늘에 쳐들었다.

그런 나를 보고 아리사와 아이나가 키득키득 웃었고, 그녀들이 보는 사이에 나는 하트 모양의 초콜릿 두 개를 완식했다. 쿠키는 셋이 사이좋게 나눠 먹었다.

쿠키까지 모두 먹자, 아이나가 이런 제안을 건넸다.

"저기, 하야토 군. 초콜릿이 조금 남았는데 먹을래?"

"더 있어? 두 사람이 만들어 준 거라면 얼마든지."

저녁밥이야, 어떻게든 되겠지!

고개를 끄덕이자, 아리사와 아이나도 고개를 끄덕였다. 응? 뭘 하려고? 빤히 바라보고 있는 나를 개의치 않고 아이나가 먼저 이렇게 말했다.

"이것도 또 하나 서프라이즈 같은 건데, 눈 좀 감아줄래?"

"······알았어."

뭐야? 뭔데? 뭘 하려고?

눈을 감자 들어오는 정보는 후각과 청각뿐…… 아직 거실에 초콜릿 향이 남아 있는 것을 보면 이게 힌트인가?

"좀 차갑네."

"뭐, 꽤 시간이 지났으니까…… 앗, 간지러워!"

"나도 마찬가지야…… 근데 좀 부끄럽다."

"무슨 소리야, 언니! 하야토 군을 기쁘게 해 주기 위해서잖아!"

"하야토 군을 위해…… 그래! 부끄러워하고 있을 순 없지!"

차갑고 간지럽고 부끄럽다……?

문득 내 뇌리에 발칙한 상상이 떠올랐다. 아니, 아무리 그래도 그건 아니겠지! 그런 일을 현실에서 어떻게 해!

하지만…… 아리사와 아이나의 성격을 생각하면 저지를 법도 하지 않을까?

"좋아, 다 됐다~."

"……하야토 군, 이제 눈 떠도 돼."

"……응."

아니다, 그런 상상이 벌어질 리가 없다.

나는 슬며시 눈을 떴고, 눈앞에 펼쳐진 광경에 나는 잠시 말을 잃고 말았다.

"……."

나는 입을 뻐끔뻐끔, 하는 게 고작이었다.

눈앞에 선 두 사람은 옷을 입지 않은 채 그 고운 피부 위에 초콜릿을 온통 발라두고 있었다. 내가 생각했던 그 발칙한 상상 그대로였다. 지나치게 망상한 나머지 환각을 보는 건가 싶었다.

"뭐, 뭐 하는 기고!"

……뭐, 이런 지적을 날리는 것은 지극히 자연스러운 흐름이었다.

당황하며 후퇴하는 나에게 두 사람은 슬금슬금 다가왔다. 쿵, 하고 등을 벽에 부딪히면서 나는 도망갈 곳을 잃었고, 두 사람은 천천히…… 천천히 내게 다가왔다.

"이게 마지막 서프라이즈야♪"

"그, 그래……! 자, 하야토 군! 핥아주지 않으면 우리는 평생 이대로 옷을 입을 수 없어!"

"어째서!"

아니, 진짜로 왜 그러는 건데!

눈앞의 두 사람은 온몸에 초콜릿을 바른 상태다. 게다가 노린 것인지 주로 가슴을 중심으로 발려져 있다.

커다란 가슴골 사이로 끈적하게 흐르고 있을 뿐만 아니라, 끝을 가리듯이 칠해져 있…… 어쨌든! 어쨌든 그런 자극적인 광경이 펼쳐져 있는 것이다.

"으……."

무심코 시선을 돌렸지만, 정말로 그녀들은 내가 행동하지 않으면 그 자리를 벗어나지 않을 기세였기에 살짝 눈을 돌려 시계를 확인했다. 조금 있으면 사키나 씨가 돌아올 시간이다. 그 사실이 더욱더 나를 몰아붙이는 요인이 되었다.

"자, 하야토 군. 아무리 집안이 따뜻하다고 해도 계속 두 여자
애의 상반신을 벗긴 채로 놔두는 건 어떨까 싶은데?"

"으윽?!"

그게 내 잘못이야?!

젠장……! 하지만 이 순간에 두근거림을 느끼는 내가 있다는
것도 사실이고, 지금 당장 달려들고 싶다는 마음도 있었기에……
나는 더 이상 참지 못했다.

꿀꺽, 침을 삼키고 두 사람에게 다가갔다.

"자…… 얼마든지 와."

"이리 와, 하야토 군♪"

딱 하나 변명을 하자면, 이때의 나는 역시 냉정한 상태가 아니
었다. 애초에 이렇게나 미인인 그녀들의 재촉을 받고도 멀쩡하게
버틸 수 있는 녀석이 있을 리가 없지 않나.

"……간다?"

"으, 응♪"

"응!"

더욱 가까워진 두 사람은 동시에 그 풍만한 가슴을 치켜들었다.

어느 쪽부터 가지? 어느 쪽부터 입을 대야 하지……? 그런 생
각을 하면서도, 나는 각오를 다지고 입을 벌렸다.


그 후, 모든 일이 끝나고 두 사람은 제대로 옷을 입고 있었다.

나는 아까의 일이 전혀 머리에서 떠나질 않아서, 두 사람의 얼

굴을 보면 선명하게 떠올라 얼굴이 뜨거워졌다.

'위험해…… 이성이 다 타버릴 것 같아, 이건…… 그래도 나, 잘 참았구나.'

이번 일 역시 천사와 악마가 계속 내 머리 빙빙 날아다녔는데, 나는 끝까지 참았다. 참고 제대로 두 사람의 가슴에 발려진 초콜릿을 모두 핥아먹었다. 정말 누구라도 좋으니까 칭찬해 줘…… 그 정도로 나는 노력했다고.

"하야토 군, 얼굴이 새빨간데?"

"괜찮아?"

"너희들은 진짜…….”

왜 그렇게 야하고 귀여운 거냐며 소리칠 것만 같아 꾹 참았다.

내 모습에 키득키득 웃는 두 사람. 솔직히 하고 싶은 말은 많았지만, 강하게 내뱉지 못하는 것이 반한 자의 숙명 아니겠는가.

그런 내 옆에 그녀들이 바싹 다가왔다.

"확실히 좀 나쁜 짓이라는 생각은 들었지만, 그 정도로 널 좋아하고 있어. 내 모든 걸 넘겨도 좋다고 생각할 정도로, 무슨 일이든 할 수 있어."

"맞아. 전부 하야토 군이라 할 수 있는 일이야……. 에헤헤♪ 우리들의 사랑은 굉장하지!"

양옆에서 그렇게 속삭이는 소리에 나는 숨을 크게 들이마시고 와락, 두 사람을 껴안았다.

"……정말 좋아해."

그 말만을 작은 목소리로 전하자, 두 사람 또한 나를 꼭 끌어안았다.

하늘에 계신 엄마, 아빠. 저는 지금…… 이렇게나 행복하지만, 여러모로 힘들다는 건 보시면 아실 거라 생각합니다.

사귀기 시작한 지 반년도 채 지나지 않은 밸런타인데이가 이 정도였는데, 앞으로 어떻게 될지 무서워서 상상조차 할 수 없지만, 무척 두근거리는 것만은 확실합니다. 이건 분명 아리사와 아이나이기 때문에 느낄 수 있는 감정인 거겠죠.

뭐랄까, 좀 분위기 있게 말해 봤지만, 앞으로 한층 더 힘들어질 것 같았다.

하지만 앞으로도 계속, 두 사람과 오래오래 행복하게 지내고 싶은 마음은 변함없다. 어떤 일이 있어도, 어떤 어려움에 부딪혀도, 극복하며 두 사람을 지킬 수 있도록 나는 그녀들과 함께 살아갈 것이다.

그녀들과 사귀기 시작한 후 크리스마스를 함께 보내고…… 겨울 방학과 설날도 함께 보내고, 이렇게 밸런타인도 함께 보냈다.

이것만으로도 충분히 두고두고 기억에 남을 다채로운 날들이었지만, 아직 여기서 끝난 것은 아니다. 그녀들과 보내는 날들이 한층 더 큰 자극과 행복을 가져다줄 것이라는 상상은 쉽게 할 수 있었다.

"행복하다……."

그래서 그런 작은 중얼거림이 새어 나왔다.

그러자 쪽, 하고 두 사람이 양쪽에서 뺨에 키스했고…… 귓가에 다정하게 이렇게 속삭였다.

"나도 그래."

"나도 마찬가지야."

그런 두 사람의 말에, 내가 또 한 번 강하게 끌어안는 것은 당연한 흐름이었다.

겨울 방학이 시작되기 전, 두 사람은 절대 지루하지 않은 겨울 방학을 보내게 해 주겠다고 약속했지만, 겨울 방학은 물론이고 이 밸런타인도 조금도 지루하지 않았다. 정말 즐거웠다.

앞으로도 이런 시간이 계속되겠지. 아니, 지금까지 이상으로 더 농밀하고 행복한 순간이 기다리고 있다고 생각하니 벌써 기대가 되어 참을 수 없었다.

▶▷

"아아…… 그런 일이 있었군요."

"네."

아리사와 아이나에게 초콜릿을 받은 그날 밤, 나는 사키나 씨와 마주 앉아 있었다.

실은 일을 마치고 돌아온 사키나 씨에게도 초콜릿을 받았는데, 그 초콜릿은 포장만으로도 고급스러움이 물씬 풍기는 수준이었다. 솔직히 받는 것이 조금 망설여질 정도였다.

'엄청 맛있었지……'

아리사와 아이나가 준 초콜릿이 맛있었다는 것은 두말할 것도 없지만, 사키나 씨가 준 초콜릿도 정말 맛있었다.

"……후우."

"맥주, 맛있나요?"

"네, 정말 맛있어요."

나는 아직 술은 못 마시지만…… 언젠가는 마실 날이 올까?

오늘은 이미 저녁 식사를 마치고 연인 두 사람은 사이좋게 목욕하고 있다. 그런 와중에 나는 이렇게 사키나 씨와 둘이 그녀들이 목욕을 끝내고 나오기를 기다리고 있었다.

"……뭐, 하지만 제가 거짓말을 했다고 할까요. 얼버무렸다는 건 틀림없으니까, 그 일로 두 사람을 불안하게 해 버렸어요……."

"전 실제로 보지 않아서 모르겠지만, 이렇게 이야기를 들어보니 딸들이 그렇게까지 상태가 이상했던 것도 납득이 가네요. 그렇다고는 해도 전 전혀 걱정하지 않았지만요."

사에키와의 일은 이미 끝났지만, 두 사람의 이변을 사키나 씨가 눈치챘다는 말을 들었기 때문에 일단 일의 경과는 전부 전해 두었다.

금방 오해는 풀렸지만, 두 딸을 불안하게 만들어 버린 일로 사키나 씨에게 질책받을 각오도 하고 있었는데…… 역시 이 사람은 화를 내지 않고 한없이 상냥하게 나를 바라봤다.

"그 정도로…… 믿어 주셨던 건가요?"

"그럼요? 당신을 신뢰하지 않을 이유가 없는걸요."

오…… 그렇게까지 말해 주시다니.

술이 들어갔음에도 지그시, 진지한 얼굴로 빤히 바라보는 그 눈동자에는 깜짝 놀랐다는 의미에서 심장이 두근거렸는데…… 잠깐, 사키나 씨? 왜 몸을 일으켜서 제 옆으로 오시는 거죠?

당황하는 나를 개의치 않고 옆에 앉은 사키나 씨는 바싹 얼굴을 내밀었다.

사키나 씨가 내뿜는 좋은 향기에 섞여 술 냄새도 풍겼지만, 그런 것은 조금도 신경 쓸 겨를이 없었다.

"우후후♪ 가깝네요?"

"윽……."

사키나 씨는 그저 미소 지을 뿐……. 하지만 그 요염한 미소는 단숨에 나의 맥박을 요동치게 만들기 충분했다. 사키나 씨는 나의 가슴 중심에 검지를 대고, 스윽 기묘하게 움직이면서 말을 이었다.

"무슨 일이 일어났는지는 모르겠지만, 조금 자극한 부분은 있었어요. 무슨 일이 있어도 걱정하지 말렴—— 그때는 내가 하야토 군을 행복하게 해 줄 테니까, 라고 말이죠."

"……그런 일이 있었나요?"

나는 당연히 그 대화 내용을 몰랐지만, 내가 모르는 곳에서 그런 일이 있었다는 것이 조금 민망하기도 했다.

"하야토 군은 어떤가요? 제가 만약 행복하게 해 주겠다고 선언하면, 어떤 반응을 보일까요?"

"저어…… 사키나 씨?"

얼굴을 바싹 들이댄 사키나 씨에게 말하고 싶다. 제대로 취하셨네요.

뺨은 빨갛고 눈가도 촉촉하다. 아마 내일이 되면 사키나 씨는 이런 대화를 나눴다는 것조차 잊어버리지 않을까? 그런 생각을 하고 있는데, 쿵 하고 사키나 씨가 내 몸을 밀어 넘어뜨렸다.

소파 위에 쓰러진 나를 본 사키나 씨는 에잇, 하는 귀여운 소리를 내더니 내 위에 올라탔다.

"자, 잠깐, 사키나 씨?"

"우후후~ ♪ 따뜻하네요, 하야토 군은 ♪"

아아~ 네, 보아하니 완전히 술의 마력에 당해 버린 모양이다.

두 사람이 돌아오기 전까지 사키나 씨를 상대하기로 마음먹은 타이밍에, 몸을 일으킨 사키나 씨가 어째서인지 옷을 걷어 올렸다…… 어?!

"잡았다아~ ♪"

"윽?!"

잡았다…… 그 말이 의미하듯 내 머리는 사키나 씨의 옷에 푹 감싸였다.

시야를 가득 채운 캄캄함과는 별개로 안면을 감싸는 압도적인 부드러움…… 그러니까 대체 뭘 하시는 거냐고요!

"날뛰면 안 돼요, 옷이 늘어나니까요."

"아, 네."

뭘 그 말에 납득하는 거야! 자신에게 따지면서, 이 상황에서도 아리사와 아이나 덕분인지 그렇게까지 당황하지 않는 자신에게 반대로 당황했다.

그런 와중에도 어떻게든 도망갈 방법을 찾고 있는데, 사키나 씨가 상냥하게 물어왔다.

"그 말……. 거짓말이 아니에요. 하야토 군…… 정말 좋아해요."

"……."

그리고 또 한 번, 이 사람은 나를 설레게 했다.

다만…… 바로 머리 위에서 고른 숨소리가 들려온 것을 보니, 이 의미 불명의 상황에서 사키나 씨는 잠이 든 모양이었다.

"다녀왔어…… 앗, 뭐 하는 거예요?"

"하야토 군과 엄마가 합체했어!"

합체라고 하지 마!

그 후, 나는 돌아온 두 사람 덕분에 무사히 사키나 씨의 천국 같은 구속에서 벗어날 수 있었다.

"재난이었지."

"정말 재난이었어?"

"윽……."

장소는 바뀌어, 지금은 아리사의 방이다.

사키나 씨의 구속에서 도움을 받았다고는 하지만, 곧바로 나를 괴롭히는 아이나에게 푹 찔린 나는 아무 말도 못 하고 아래를 쳐다보았다.

"아이나, 그 일은 엄마가 잘못하신 거야."

"알아. 하지만…… 그렇게 옷 속에 가두는 방법은 나도 본받아야겠어!"

본받지 않아도 돼, 진짜로!

확실히 남심을 간지럽히는 매혹적인 전개이다. 대다수의 남자는 피눈물을 흘릴 정도로 부러웠을 순간이다.

그렇다고는 해도 상상을 좀 해 봐라! 돌아온 연인들 앞에서 그녀들 엄마의 옷 속에 머리를 처박고 있어야 했던 내 심경을 부디 상상해 줬으면 좋겠다. 한순간 죽고 싶다는 생각이 들었을 정도다.

"하지만 엄마가 그렇게 술에 취한 건 하야토 군이 온 뒤로 처음이야. 그만큼 하야토 군을 신뢰하고 안심하고 있다는 뜻이겠지."

"그러게. 좀 곤란한 일도 있긴 하지만, 저런 엄마를 볼 수 있는 건 우리들에게도 좋은 일이야."

"그렇게 생각해 준다면 정말 고마워."

그렇게 말하면서 나는 바닥에 누웠고, 피로감으로 크게 한숨을 내쉬었다.

그러자 아리사가 무릎을 툭 쳐왔다. 무릎베개를 권유하는 것임을 알아차린 나는 곧바로 그녀에게 향했다.

아리사의 무릎 위에 머리를 얹자 동시에 내 배에 아이나가 머리를 얹었다.

"후후, 뭘까, 이 광경은?"

"뭐, 어때. 이대로 느긋하게 있자~."

한동안 그대로 움직이지 않은 채 여유로운 시간을 보냈다.

딱히 대화도 아무것도 없었지만, 나뿐만 아니라 그녀들도 만족하는 듯한 분위기가 전해져 왔다.

내 배에 머리를 얹고 있던 아이나는 서서히 얼굴의 위치를 내 얼굴로 가까이하다가…… 곧바로 아리사의 손바닥에 의해 막혔다.

"읍! 뭐 하는 거야, 언니!"

"지금은 여유롭게 있자며? 마음은 알겠지만 참아."

아리사가 그렇게 말하자 아이나는 볼을 부풀리며 반박했다.

"그렇게 말하면서 난 다 알거든? 언니 지금 일정 간격으로 하야토 군의 머리에 일부러 가슴을 눌렀다가 때고 있지! 계속 의식하게 만들고 있잖아!"

"……그건 그거고 이건 이거야."

……뭐, 네. 아이나의 말처럼 가끔 머리에 닿는 감촉은 있었지만, 최대한 의식하지 않으려고 노력하고 있다.

그 후에도 옥신각신 말다툼을 이어가는 두 사람, 나는 변함없이 무릎을 베고 있는 상태에서 그것을 바라보고 있었는데, 역시나 즐거운 순간임에는 변함이 없었다.

'……딱히 힘든 일이 있었던 것도 아닌데 벽 하나를 넘은 것 같

은 성취감이 드는 건 왜일까?'

그런 생각을 하면서, 생각 외로 열을 올리는 두 사람을 중재하기 위해 둘 사이에 끼어들었는데…… 그것이 더욱 상황을 악화시켰다.

"하야토 군은!"

"누구 편이야!"

누구 편이기도 한데?!

……그렇게, 역시나 밸런타인이라는 특별한 날도 우리의 끝은 무척이나 시끌벅적하고 소란스럽게 마무리되었다.

앞으로도 많은 시간을 그녀들과 함께 보낼 것이라는 사실은 거의 확정이겠지만, 대체 어떤 날이 될지 상상하면 참을 수 없이 가슴이 두근거렸다.

후기

뭉입니다.

이번에도 무사히 이렇게 미인 자매 2권을 세상에 내놓을 수 있었습니다!

알고 있긴 했지만 정말 힘들었습니다.

하지만 그 와중에도 저의 원동력이 되어준 것은 2권을 기대한다고 해 주신 독자 여러분이었고, 무엇보다 자신도 열심히 하고싶다는 마음이 컸습니다.

이번에 이쪽의 미인 자매와 또 다른 작품 2권이 동시 발매된다고 하는데…… 두 번째 하는 말이지만 정말, 정말 힘들었어요! 힘들었지만! 이렇게 형태로 나온 것을 보고 안심했습니다.

1권부터 더욱 파워업한 달달함을 전달하기 위해 노력했는데…… 그것이 더욱 돋보였던 것은 역시 이번에도 일러스트를 담당해 주신 기우니우 선생님 덕분입니다.

너무 귀엽고 너무 야해서…… 처음 이번 일러스트를 봤을 때는저도 모르게 "오오……" 하는 소리가 나왔을 정도입니다(웃음).

크리스마스나 연말연시의 해프닝, 밸런타인 때 이런 걸 했으면좋겠다, 하는 것들을 담았습니다. 네, 가득 담았습니다!

특히 겨울인데 노출도가 높은 산타복이거나 띠만 풀리면 벗겨지는 예복 장면 등을 즐겁게 쓴 것 같습니다. 뭐, 어떻게 해도 색기가 넘치네요(웃음).

　마지막으로 2권을 손에 들어 주신 여러분, 정말 감사합니다!

　만약 가능하다면 다시 3권에서 뵐 수 있기를 바랍니다!

OTOKOGIRAI NA BIJIN SHIMAI O NAMAE MO TSUGEZU NI TASUKETARA
ITTAI DONARU? Vol.2
©Myon, Giuniu 2023
First published in Japan in 2023 by KADOKAWA CORPORATION, Tokyo.
Korean translation rights arranged with KADOKAWA CORPORATION, Tokyo.

## 남자를 싫어하는 미인 자매를 이름도 알리지 않고 구해주면 어떻게 될까? 2

2024년 8월 15일 1판 1쇄 발행
2024년 12월 15일 1판 2쇄 발행

| | |
|---|---|
| **저　　　자** | 몽 |
| **일 러 스 트** | 기우니우 |
| **옮 긴 이** | 이소정 |
| **발 행 인** | 유재옥 |
| **이　　　사** | 조병권 |
| **출판본부장** | 박광운 |
| **편 집 2 팀** | 정영길 박치우 조찬희 |
| **편 집 3 팀** | 오준영 권진영 이소의 정지원 |
| **디자인랩팀** | 김보라 이민서 |
| **디지털사업팀** | 김경태 김지연 윤희진 |
| **콘텐츠기획팀** | 박상섭 강선화 |
| **라이츠사업팀** | 김정미 이윤서 임지윤 |
| **영업마케팅팀** | 최원석 이다은 윤아림 |
| **물 류 팀** | 허석용 백철기 |
| **경영지원팀** | 최정연 |
| **인쇄제작처** | ㈜코리아피엔피 |
| **발 행 처** | ㈜소미미디어 |
| **등　　　록** | 제2015-000008호 |
| **주　　　소** | 서울시 마포구 토정로222, 502호 (신수동, 한국출판콘텐츠센터) |
| **판매 및 마케팅** | (070) 8822-2301 |

ISBN 979-11-384-8409-1
ISBN 979-11-384-8306-3 (세트)